교토에 다녀왔습니다。

임경선 에세이

교토에 다녀왔습니다.

위즈덤하우스

교토의 정서가
내게 가르쳐준 것들

·

성장기 시절 요코하마와 오사카, 그리고 도쿄에서 6년을 살았습니다. 가장 위에 있는 홋카이도부터 가장 아래에 위치한 규슈에 이르기까지 일본의 꽤 많은 크고 작은 도시와 시골 마을로 두루 여행도 다녔지요.

그중 가장 좋아하는 곳을 꼽으라면 주저 없이 도쿄와 교토를 꼽겠습니다. 도쿄에 관해서는 지난 2016년 봄에 『임경선의 도쿄』라는 독립출판물(2,000부 한정판이었습니다)을 만들어 지극히 개인적으로 편애하는 도쿄의 곳곳을 소개한 바 있습니다. 이어서 이듬해 교토 편을 준비하려고 했는데, 문득 교토라는 도시는 도쿄와는 전혀 다른 방식으로 이야기되어야 마땅하지 않을까 하는 생각이 들었습니다.

처음 한두 번 교토에 갔을 때는 저도 그저 다른 관광객들처럼 명소를 돌아다니기 바빴습니다. 천 년간 일본의 수도였던 곳이다 보니 봐도 봐도 끝이 없었지요. 그러다가 지난 연초, 세 번째 교토 여행에서는 명소가 아닌 일상의 장소들과 그곳에서 일하는 사람들을 만났습니다. 처음에는 의아했던 일들이 한두 가지가 아니었죠.

특히나 개인들이 운영하는 교토의 가게들이 그랬는데 가령,

왜 어떤 가게들은 일부러 드러나지 않게 골목에 꼭꼭 숨어 있

을까.

왜 서점 홈페이지의 '찾아오시는 길' 안내문에서는 동네 사람들에게 길을 묻지 말아달라고 신신당부하는 것일까.

무슨 배짱으로 저 밥집 주인은 저토록 무뚝뚝하고 불친절한 것인가.

왜 라이벌 가게의 홍보를 자기 가게에서 굳이 해주는 것일까.

이 카페는 일주일에 나흘만 열어도 괜찮은 것인가.

어딘가 달라도 한참 달랐습니다. 그것은 제 호기심을 강하게 자극했고 그때부터 저의 '교토 덕질'이 시작되었습니다. 교토에 대해 보다 깊이 알고 싶어서 그에 관한 다양한 문헌들을 찾아 읽어나갔습니다. 교토의 역사와 토양이 만들어낸 사람들의 습성, 일관되게 지켜온 가치관에 대한 믿음과 자부심, 결코 변치 않을 어떤 의지와 마음가짐들 그리고 이들이 어우러져 만들어낸 교토 고유의 정서들이 제게는 잔잔한 감동으로 다가왔습니다.

교토와 교토 사람들은 자부심이 드높았지만 동시에 겸손했고, 개인주의자이되 공동체의 조화를 존중했습니다. 물건을 소중히 다루지만 물질적인 것에 휘둘리기를 거부했고, 일견 차분하고 부드러워 보이지만 그 누구보다도 단호하고 강인했습니다. 예민하고 섬세한 깍쟁이로 보일지도 모르지만 주위에 아랑곳하지 않고 자기만의 색깔을 지켜나갔고, 내가 존중받기를 원하는 만큼 타인을 향한 예의를 중시했습니다. 성실하게 노력하지만 결코 무리하지는 않고 자신의 페이스를 스스로 만들어갔고, 끝없는 욕망보다는 절제하는 자기만족을, 겉치레보다는 본질을 선택하는 삶을 살아갔습니다.

사람으로 치면, 제가 개인적으로 지향하는 인간상에 가깝습니다.

도쿄가 '감각'의 도시라면 교토는 '정서'의 도시였습니다. 그래서인지 교토에 대해서라면, 이 도시가 오랜 세월에 걸쳐서 일관되게 품어온 매혹적인 정서들에 관하여 이야기를 하는 것이 제 역할이라고 생각했습니다. 옛것과 오늘의 것이 어우러져 공존하는 이곳의 공기를 들이마시며 저는 너그러운 마음으로 교토의 한 계절을 걸었고 그 시간 속에서 교토 고유의 정서들은 '어떻게 살아야 할 것인가'에 대해 제게 영감을 주었습니다.

살아가면서 생각의 중심을 놓칠 때, 내가 나답지 않다고 느낄 때, 초심으로 돌아가고 싶을 때, 마음을 비워낼 필요가 있을 때, 왠지 이곳 교토가 무척 그리워질 것 같습니다.

2017년 가을

임경선

차례

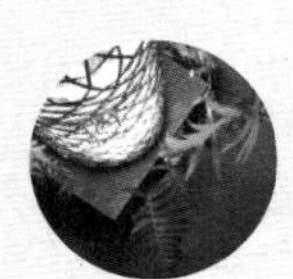

ask me!
café 京都

TULLY'S CO

河村ビル
4 F
3 F
2 F
1 F
すいば

1。

사색을 위한 기차

기차 여행에는 다른 탈것에는 없는 특별한 서정성이 있다. 비행기나 선박, 지하철에서는 구름과 바다 혹은 시멘트 벽만을 봐야 한다면 기차 안에서는 쉴 새 없이 변해가는 창밖 풍경을 바라보며 이동한다. 거기에는 상상할 수 있는 모든 풍경들이 차례차례 담긴다. 시골 마을과 논밭, 아파트 단지와 주택가, 울창한 산과 끝이 보이지 않는 수평선의 바다. 샛길이 아니라 반드시 약속대로 거쳐야 하는 길처럼, 기차는 철도 위를 빠짐없이 꾹꾹 밟으며 달린다. 그 타협 없는 반듯한 전진 덕분에 나는 원래 살던 장소에서 가장 멀리 가고 있다는 아득한 기분에 젖는다.

익숙했던 장소를 벗어나면 내 안의 부드럽고 순수한 결을 마주하게 된다. 평소에는 잊고 지냈던 내향적이고 수줍은 나를 살살 불러내는 것이다. 창밖 풍경의 자연스러운 흐름을 따라 기차 안에서 차분하게 사유하다 보면 머리와 마음이 깊은 호흡을 내쉬고 유연하게 이완된다. 머릿속에 엉켜 있던 문제들은 저절로 해답을 찾기도 한다.

화가 에드워드 호퍼는 여행 중에 사람이 느끼는 쓸쓸함과 고독의 정서를 화폭에 담아내는 데 일가견이 있다. 1938년에 완성한 〈Compartment C Car〉라는 작품에는 기차 안에서 책을 읽으며 홀로 여행하는 여인의 모습을 담았다. 혼자 기차를 타고 어디론가 떠나는 여인은 그 존재 자체만으로도 수많은 이야기를 내면에 숨겨놓은 것만 같다. 현실에서도 그림 속 그 여인처럼 혼자 여행하는 여자들을 많이 본다. 가만히 손에 쥔 책을 읽든, 창밖을 물끄러미 내다보며 생각에 잠기든, 소리 나지 않게 조심스레 샌드위치를 먹든, 여행이 주는 설렘과 긴장이 뒤섞인 상기된 모습은 너무 애틋해서 그 모습 그대로 지켜주고 싶어진다. 정작 그녀들은 무척이나 용감하고 지혜로워 누구의 보호 따위 필요로 하지 않겠지만.

오사카 간사이 국제공항에서 교토시로 들어가는 기차의 이름은 '하루카'였다. 다양한 일본 기차들을 그간 타오면서 가장 인상적이었던 것은 기차가 사람들의 일상 공간 사이로 태연히 다닌다는 점이다. 차창 밖으로 회사 건물 안의 작은 회의실에 걸린 액자 그림이 보이고, 단독 주택 정원에서 손수 키운 꽃의 종류도 알아볼 수가 있다. 베란다 빨랫대에 널린 옷가지로 그 집의 가족

나를 간사이 국제공항에서
교토역으로 데려다준 기차 '하루카'.

구성원이 파악되고 창을 열어 팔을 뻗으면 햇볕에 보송보송 말리려고 바깥에 걸쳐놓은 솜이불이 손끝에 닿을 것만 같다.

기이한 것은, 주차장에는 자동차들이 세워져 있고 베란다에는 빨래들이 널려 있지만 그곳에 사는 사람들의 모습은 어디에도 보이지 않는다는 점이다. 마치 다들 재해 대피 훈련이라도 하는 것처럼 풍경 자체에선 생활감이 물씬 풍기는데 정작 그 풍경에 '사람'이 빠져 있다. 그 묘하게 균형이 깨진 모습을 바라보노라면 나의 현실에 주어진 삶의 조건들을 지워버리고 지금 보고 있는 저 그림 속으로 들어가 사는 모습을 상상해보게 된다.

상상 속의 나는, 제약회사 영업팀에서 일하는 샐러리맨 남편과 말수는 적고 여드름은 많은 중학생 아들을 아침에 내보내고 베란다에 빨래를 널러 나온 주부가 되기도 하고, 조용한 시골 마을에 어울리지 않는 원색 간판의 편의점을 혼자 관리하는, 장차 대도시로 나가 만화가로 데뷔하는 것이 꿈인, 만성 수면 부족 아르바이트생이 되어보기도 한다. 아마도 그림 속의 나는 한 시간에 한 차례, 마을 앞산 철로를 덜컹덜컹 지나가는 익숙한 기차 소리에, 아들의 여벌 교복 바지의 물기를 털던 손의 동작을, 혹은 유효 기간이 지나버린 편의점 도시락들을 정리하던 손의 동작을 잠시 멈추겠지. 그리고 손차양을 만들어 기차가 사라지는 모습을 한참 동안 지켜볼 것만 같다. 저들처럼 어디론가 훌쩍 떠나고 싶은, 아무에게도 말하지 못한 마음을 그저 속으로만 품고서.

2。

알고 찾아가는
정성

"주소대로라면 분명히 이 근처일 겁니다."

은발의 택시 기사는 미로처럼 좁은 가와라마치 골목으로 들어서면서 굳게 다물었던 입을 열었다. 그의 말을 믿고 나는 택시에서 냉큼 내렸다. 바로 앞에는 통유리창에 검정 테두리의 금색 글씨로 'BARBER'라고 적힌 이발소가 있었다. 1920년대 미국의 '위대한 개츠비' 시절을 연상시켰다. 포마드를 머리에 바르고 흰색 셔츠에 트위드 조끼를 입은, 젊고 훤칠한 남자 이발사들. 그들은 흡사 연극배우들처럼 세심하게 손님의 머리를 다듬거나 흰 거품을 풍성하게 내어 손님의 수염을 정성스레 깎고 있었다. 창밖 사람들의 시선을 충분히 의식하면서.

그 이발소를 기점으로 골목 안 개성 있는 가게들을 차례로 꼼꼼히 살펴나갔다. 그 가게들 중에서 일러스트레이터 오하시 아유미가 운영하는, 옷과 잡화를 파는 가게 '이오 플러스'가 있을 터였다. 새까만 상고머리에 동그란 안경을 끼고 물방울무늬 배기 바지를 즐겨 입는 일흔다섯 살의 여자, 오하시 아유미. 나는 무라카미 하루키의 산문집 『채소의 기분, 바다표범의 키스』 『저녁 무렵에 면도하기』 『샐러드를 좋아하는 사자』에 실린 판화 일러스트로 처음 그녀의 존재를 알았다. 오하시 아유미는 1960년대부터 일러스트레이터로서 왕성한 활동을 보였고 생활 에세이를 수십 권 펴낸 작가이자 계간지 〈아르네Arne〉의 편집인, 그리고 도쿄와 교토에 거점을 둔 '이오 숍'과 '이오 플러스'의 디자이너 겸 주인이다. 내게 오하시 아유미는 '오래오래 자신의 일을 해나가는 여자' '스스로 일을 만들어내는 사람'으로서 인생의 롤모델이 되었다. 도쿄의 가게는 작년에 가보았고 이번에는 교토의 가게가 궁금했다.

가게들을 좌우로 최소 100미터는 살펴보며 걸었는데도 이오 플러스의 간판은 보이지 않았다. 설마, 택시 기사분이 엉뚱한 곳에 내려준 건 아니겠지. 다시금 처음 내렸던 이발소 앞으로 돌아가 멈춰 섰다. 지쳐서 포기할까 망설이는데 이발소 옆으로 쑥 들어간 곳에 평범한 검정색 대문이 눈에 띄었다. 이발소 건물 2층으로 올라가는 문이었다. 나는 그 대문에 새겨진, 겨우 보일락 말락 한 흰색 글자, 'io plus+'를 발견했다. 은발의 택시 기사는 자신의 일을 충실히 수행했고 나는 동화 속 파랑새처럼 바로 옆에 두고 엉뚱한 데를 헤맸던 것이다.

어쩌면 이렇게 숨바꼭질하듯 찾기 어렵게 만드나 싶은 원망과, 드디어 찾아낸 기쁨과 안도감이 교차했다. 폭이 1미터가 될까 말까 한 비좁고 가파른 나무 계단을 하나씩 올라갔다. 마치 비밀스러운 탐정 사무실로 향하는 입구 같았다. 2층에 다다르자 유리문이 또 하나 있었다. 문고리를 틀어 마침내 가게 안에 들어섰다.

피부가 하얀, 단정한 옷매무새의 가게 매니저가 조용히 인사하며 나를 맞이했다. 다른 손님은 없었다. 숨을 고르며 오하시 아유미의 개성적인 심미안이 반영된 옷들과 잡화들을 찬찬히 구경했다.

"혹시 아까 전화 주신 손님인가요?"

가게 매니저가 저만치 있는 계산대 앞에서 낭랑한 목소리로 물었다.

"아, 저는 아닌데요, 실은 여기 찾아올 때 길을 좀 헤맸답니다."

그녀는 이런 투정 어린 반응은 익숙하다는 듯 방긋 미소 지으며 말했다.

"아아, 그렇죠. 저희 가게 간판이 잘 안 보이지요. 제대로 된 간판을 달아야지, 달아야지 하면서 여태 2년째 못 달았네요."

하지만 그녀의 목소리엔 아쉬움이나 미안한 기색이 조금도 없었다.

이어지는 대화 속에서(한동안 손님이 없었는지 그녀는 누군가와 대화를 나누고 싶어하는 것 같았다) 내가 한국에서 온 외국인이고 오하시 아유미 씨의 오랜 팬으로 〈아르네〉를 전권 모았으며 이곳을 일부러 찾아왔다는 것을 알게 되자 가게 매니저는 경계심이 풀어졌나 보다. 내가 고른 물건의 값을 계산하면서 조금 뜸을 들이더니 이내 신중한 표정으로 숨겨둔 진실을 알려주었다.

"실은… 저희는 일부러 눈에 잘 보이는 간판을 달지 않았답니다. 지나가는 사람들이 찾기 어렵도록요. 숨은 집처럼, 아는 사람만 아는 그런 가게로 만들고 싶었어요. 저희는 사전에 알고 이곳을 찾는 손님들이 편안하게 둘러보시는 것을 최우선으로 신경쓰거든요. 지나다 불쑥 들른 분들이 너무 많아지다 보면 마음먹고 여기로 걸음 하신 손님들이 가게를 둘러보실 때 긴장하게 되니까요."

손님이 너무 많아지는 상황을 일부러 피한다고? 손님을 한 사

◦
좁고 가파른 계단을 올라
이오 플러스에
드디어 도착했다.

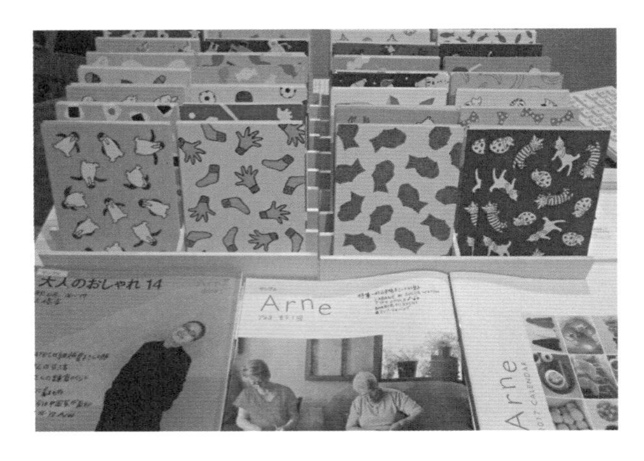

◦
엽서와 독립출판 잡지 〈아르네〉
그리고 무늬 그릇들.
이중, 고양이 머그잔과 접시를 샀다.

◦
점원이 비밀의 방에서 슬쩍 보여준
오하시 아유미의 판화 그림.

람이라도 더 끌어모으려고 애쓰고 물건을 하나라도 더 팔려고 아등바등하는, 말하자면 일반적인 '장사'와는 거꾸로 가는 운영 철학이 적잖이 놀라웠다. 하지만 그것은 우리 상품의 좋은 점을 제대로 봐주고 오래도록 꾸준히 아껴줄 손님에게 최선을 다하기 위한 마음이었다. 나에 대해서 잘 알고 좋아해주시는 분들에게 더 정성껏 집중하겠다는 태도는 단순히 물건을 팔아 돈을 벌겠다는 목적의식이 아닌, 손님과 가게의 인연을 무엇보다도 소중히 하겠다는 마음가짐이었다.

동네 서점 '세이코샤'의 주인, 호리베 아쓰시 씨는 크고 동그란 눈과 어울리지 않는, 약간은 신경질적이고 예민한 인상을 지녔다. 그는 유서 깊은 독립 서점 '게이분샤 이치조지점'에서 무려 20여 년을 일한 유명 서점원이었다. 세이코샤는 호리베 씨가 게이분샤 이치조지점을 그만두고 아내와 단둘이 차린 공간이다. 교토의 전통 목조 가옥 '마치야'의 1층에는 서점을, 2층에는 부부의 주거 공간을 두었다. 그러니까 교토의 수많은 가게들처럼 자기 집 1층에 가게를 연 셈이다.

호리베 씨도 큰길이나 번화가가 아닌 한두 블록 들어간 골목

안을 서점 자리로 택했다. 이렇게 깊숙이 들어간 곳에, 더구나 '서점'을 여는 일은 가게의 입지 조건이 생명이라고 생각하는 사업적 측면에서 용기가 필요한 일일 텐데 그는 서점이 지나치게 외부로 드러나지 않도록 했다. 호리베 씨의 이런 선택은 오하시 아유미 씨의 가게, 이오 플러스의 지향점과 같다.

어떤 사람들에겐 가게를 연 목적이 돈을 되도록 많이 버는 것이 아니다. 가게의 몸집을 크게 키우는 것도 아니다. 많은 손님이 들이닥치면 오히려 곤란하다. 호리베 씨는 사람이 많이 몰리다 보면 주인이 원치 않는 유형의 사람들도 와버리고 일도 번잡해져, 자신이 바라던 서점의 모습을 잃을까 봐 우려했다. 그는 불특정 다수의 사람들이 와서 화제의 베스트셀러나 신간을 사가는 그런 서점을 차릴 생각이 애초에 없었다. 지나다 우연히 들르는 손님보다 이 서점의 존재를 사전에 알고 일부러 찾아와주는 손님을 편애하기로 했다. 그런 손님들이 이곳에서 호리베 씨의 엄선된 책 큐레이션을 통해 자신에게 딱 맞는 책을 발견할 수 있기를 바랐다. 일본에서 가장 유명하고 매력 있는 독립 서점에서 오래 일한 경력을 바탕으로 호리베 씨는 자신감이 충분했다. 그에 걸맞게 서점 안에는 호리베 씨가 모아놓은 신간, 절판본,

。
이날은 세이코샤 서점 주인,
호리베 씨의 아내가 카운터를 맡고 있었다.
그나저나 작은 서점들은 왜 항상 보면
에코백을 만들어 팔고 있지?

중고책 들이 골고루 진열되어 새 주인을 기다리고 있다.

생각해보면 개인의 가게는 그 개인 고유의 삶의 방식에 깊이 연결되어 있는 것 같다. 더 밖으로 드러내고 더 큰 목소리로 더 많은 사람들에게 화려하게 뽐내기보다, 가게의 물건들을 진심으로 이해하고 좋아해줄 손님들을 가장 먼저 만나고 싶어하는 가게 주인의 마음. 가게에 신의를 가진 손님들이 오래도록 찾아주는 그런 가게로 가꾸어나가고 싶은 마음.

정교한 안목과 단단한 자부심 없이는 결코 가질 수 없는 태도다. 또한 그 가게 주인들은 알고 있었다. 무리하지 않고 스스로 납득할 수 있는 기분 좋은 가게를 운영한다면 손님들은 어떻게든 그 점을 알아봐주고 몸소 찾아와준다는 사실을. 구석에 꼭꼭 숨어 있어서 찾아가기도 힘들고 초행길엔 충분히 헤맬 법한 장소라고 해도 아무 상관이 없는 것이다. 만나야 할 인연은 어떻게든 반드시 서로에게 닿을 운명이기에.

◦
교토 전통 목조주택,
마치야 건물 1층에 숨어 있는
작은 서점 세이코샤.

세이코샤 서점에서 세일 상품으로
내놓은 책과 과월호 잡지들.

3。

세월이
빚어내는
아름다움

노포老鋪: 대대로 물려 내려오는 점포

천 년 역사의 도시 교토에서는 창업한 지 100년이 넘은 가게도 '이제 막 걸음마를 뗀 아기인걸요'라며 겸손해한다. 에도 시대나 메이지 시대에 창업한 가게도 '최근에 창업한' 범주에 들어간다. 10년, 20년 된 가게는 아예 명함도 못 내민다. 최소한 3대에 걸쳐 지켜온 가게라야 교토에선 '노포'(일본어로는 '시니세'라고 한다)라는 영예로운 호칭이 주어진다.

역사가 오래된 노포일수록 그 오래됨을 전면에 내세우거나 뽐내지 않는다. 한 염색집은 230년 넘게 영업했음에도 노포임을 드러내는 어떤 수식어도 간판에 내걸지 않는다. 그 호칭은 가게가 스스로 붙이는 것이 아니라 세상 사람들이 자연스럽게 불러주는 것이라고 믿기 때문이다. 다른 말로 노포가 의미하는 것은 '신용'이다. 한눈 팔지 않고 전통을 지켜온 가게가 있고 거기에는 일편단심인 손님들이 존재했다. 손님은 선대 때부터 거래해온 가게를 꾸준히 애용하고, 가게 주인도 손님이 대대로 찾아주는 것이 고마워서 질 좋은 제품으로 보답한다. 제대로 된 노포일수록 나만 빛나면 된다, 나만 눈에 띄면 된다 하는 오만한 태도가 없다. 내가 원조라고 주장하는 법도 없다. 주변을 의식하지 않고, 비교하지 않고 자기 가게만의 고유한 색을 지켜나갈 뿐이다. 반짝거리는 새것보다는 어딘지 모르게 낡고 약간 녹슨 듯한 세월의 흔적, 그리고 거기서 비롯하는 향수 어린 감성을 교토는 더 가치 있게 여긴다.

교토의 노포는 다음 조건들을 대개 충족한다.

1. 대대손손 가업을 이어간다. 업종 변경은 있어도 큰 범위 안에서 엇비슷한 분야의 일을 할 것.
2. 부침을 다소 겪어도 기본적으로는 꾸준히 장사가 잘 되고 있을 것.
3. 오랜 경영으로 얻은 고객의 신용, 편애 등 인간관계에 기초한 무형 재산을 보유할 것(그래서 매체를 통한 대대적인 홍보를 선호하지 않는다).
4. 그 가게만의 독창적이거나 개성적인 제품이 있을 것(그래서 대량 생산에 흥미가 없다).

5. 생산과 판매를 겸한 '장인이자 상인'이 존재할 것(그래서 만드는 사람의 고생을 알기에 물건을 쉽게 할인하지 않는다).

명성 있는 노포 떡집 '데마치 후타바'는 그날 하루 만든 떡을 다 팔면 바로 가게 문을 닫는다. 백화점에서 입점을 권해도 대부분 응하지 않는다. 인기가 많다고 해서 많이 만들어 팔아 돈을 더 벌 생각은 하지 않는다, 오직 질 좋은 물건을 정성스럽게 만들어서 손님에게 제공한다, 이것이 데마치 후타바를 비롯한 교토 상인들의 자부심이다. 데마치 후타바의 떡은 유일하게 다카시마야 백화점에만 입점을 했는데, 매일 아침 택시로 이 가게에 직접 떡을 받으러 가는 백화점 측 전담 직원이 있기 때문이다.

교토의 노포에선 무조건 손님을 '왕'이라고도 생각하지 않는다. 파는 쪽과 사는 쪽을 대등하게 여긴다는 건 그만큼 자기가 만들고 파는 제품에 자신이 있다는 뜻이기도 하다. 가령 노포의 현관문을 열거나 노렌(천 장막)을 걷고 들어갈 때 먼저 말을 거는 쪽은 가게 주인이 아니라 손님이다.

"실례합니다."

"안녕하세요."

"들어가도 될까요?"

이렇게 손님이 먼저 가게 안쪽의 주인에게 조심스럽게 묻고 입장하는 것이 교토의 예절이다. 인사 없이 불쑥 들어갈 경우 손님이 아닌 침입자로 취급된다. 자부심이 있는 노포 주인들은 손님에게도 인성과 기본 매너를 암묵적으로 기대한다. 그것은 물건을 사고 파는 일을 단순히 돈을 벌기 위한 장사가 아닌 인간 대 인간, 면 대 면으로 가치를 주고받는 진중한 행위로 바라보기 때문이다. 이윤 추구를 하지 않는다고 하면 거짓말이지만, 때로는 돈을 버는 일보다 소중하게 지켜야 할 원칙이 있다.

필요 이상으로 규모를 키우지 않는다.
더 많이 팔기 위해 무리해서 가격을 낮추지 않는다.
품질이 우수하고 실용적으로 오래도록 쓸 수 있는 물건을 만든다.

교토 사람들은 그렇게 해서 제대로 만들어진 물건을, 잘 간수해가며 마지막까지 야무지게 사용한다.

가모강鴨川을 가로지르는 산조대교 바로 옆에는 시간이 예전 그대로 멈춘 듯한 가게가 있다. 1818년에 개업한 '나이토 상점' 이다. 간판은 없다. 대신 장인의 솜씨가 살아 있는 물건을 판다. 종려나무나 야자나무 등의 천연 소재로 만든, 주로 청소할 때 쓰는 솔 제품이다. 나이토 상점은 품질이 확실한 물건만 소량씩 이곳 가게에서 판다. 인터넷 판매를 하지도, 다른 가게에 판매 대행을 맡기지도 않는다. 그럴 필요도 없다. 교토 사람들은 여기서 만드는 물건을 기쁜 마음으로 직접 방문해서 사 가기 때문이다. 번거롭고 수고를 들이는 한이 있더라도, 누구나 쉽게 살 수 있는 인기 제품보다 이 세상에 단 하나밖에 없는 수제품을 더 가치 있게 여겨 선택하는 것이 교토 사람들인 것이다.

상점 바깥에는 시각적 아름다움과 기능성을 함께 갖춘 기다란 빗자루가 줄지어 서 있고 매대에는 윤기 나는 갈색 솔들이 바싹 튀긴 고로케(크로켓)처럼 오손도손 전시되어 있다. 보기엔 따가울 것 같아도 막상 만져보면 상상 이상으로 부드럽다. 주인인 나이토 사치코 할머니는 이곳을 운영하는 7대손이다. 다양한 크기와 모양의 솔 사용법을 물어보면 하나하나 친절히 가르쳐주신다. 오래된 가게 특유의 낯가림으로 가게 안에서 사진을 찍으

내공이 진하게 느껴지는 나이토 상점의 내부.
다양한 솔 제품은 마치 바싹 튀긴 고로케 같다.

이 근사한 빗자루를 사 오지 않은 걸
몹시 후회한다. 마당도 없으면서.

면 싫어하실 줄 알았는데 얼마든지 찍어도 좋다며 편하게 해주신다. 이곳에서 나도 고동색 솔을 하나 사 와서 욕조를 청소할 때 요긴하게 쓰고 있다. 탐나던 완벽한 빗자루를 사 오지 못한 것은 두고두고 아쉽다. 정작 쓸어볼 마당도 없으면서.

'교토의 부엌'이라 불리는 니시키 시장錦市場에는 1560년에 창업한 칼 전문점 '아리쓰구'가 있다. 요리용 각종 칼을 비롯, 냄비, 도마 등의 도구들도 판다. 교토의 부모 세대는 자식 세대에게 음식 맛을 전수하면서 아리쓰구의 요리 도구들도 대물림한다. '도구라는 것은 소중히 다루면 언제까지라도 생명을 가진다'고 강조하며 손님 한 사람 한 사람에게 물건을 대하는 올바른 마음을 전하는 아리쓰구. '수리할 수 있는 물건만을 만드는 것이 장인'이라며 수십 년 전에 만든 상품이라도 완벽하게 수리해내는 솜씨를 발휘한다.

"새것이 좋다거나 오래된 것이 좋다거나 그런 건 없습니다. 좋은 것이 좋은 겁니다. 그리고 좋은 것은 항상 더 좋아질 여지가 있습니다."

아리쓰구의 주인이자 칼 장인은 잡지 인터뷰에서 이렇게 말했다. 변하지 않은 좋은 점들은 그대로 유지하되 항상 어딘가 조금씩 더 나아지려고 애쓰는 자세. 이것이 교토의 노포가 지향하는 궁극적인 태도일 것이다.

또한 노포란, 자식들이 가업을 대대로 이어감을 뜻한다. 고등학교를 졸업하고 바로 가업을 돕기 시작하기도 하고, 대학을 졸업하고 직장인이 되었어도 어느 정도 경력을 쌓은 후엔 고향에 내려가 연로해진 부모님을 대신해서 가업을 잇기도 한다. 어려서나 청년 시절에는 가업을 싫어하거나 부끄러워했더라도 완연한 어른이 된 뒤에는 가업에 자부심을 가지게 된다. 부지런하고 성실하게 일하던 부모님의 모습, 종업원들의 자부심 넘치는 표정, 거래처 사람들과의 화목한 분위기 등을 떠올리며 그 시절의 풍경을 재연하고, 동시에 자신의 힘으로 부모님 시절보다 합리적이고 개선된 방식을 가업에 도입해서 한 걸음 더 앞으로 나아가고자 한다.

가업을 이어가는 것에는 '책임감'이 차지하는 부분이 클 것이다. 일본 관서 지방에 소재한 덴리대학天理大学 국제학부 교수, 구마키 쓰토무 씨는 '가업을 잇는 일본 문화'에 대해 자신의 가족 환경을 예로 들며 친절히 알려준다.

"아버지의 뒤를 이어 승려가 된 친구는 이미 어려서부터 그것이 가업임을 강하게 인식하고 있었죠. 가업을 이어야 한다는 강박관념뿐 아니라 지역 사회를 기반으로 한다는 측면에서 신도들에 대한 책임감도 있었을 겁니다. 장사 일 역시 함께 일하고 상생하는 사람들이 많이 얽혀 있으니 자기가 가업을 잇지 않으면 곤란한 사람들이 생겨날 수도 있다고 생각해서, 그분들에 대한 책임감도 느끼는 것이겠죠."

구마키 교수는 칠기 공예를 하는 집안에서 차남으로 태어나 대학에 가지 말고 칠기 공예를 배우라는 부모님의 압박을 받아왔지만 전통 공예 자체가 사양 산업이다 보니 결과적으로는 가업에서 자유로울 수 있었다고 한다.

가업을 잇기로 결심하는 데에는 각자의 사연이 있을 것이다. 가업이 돌아가는 양상을 크면서 쭉 지켜봐서 익히기가 쉽다는 유리한 측면도 있고, 자신의 안목과 재능을 접목해 부모님 세대를 뛰어넘는 도전을 해볼 수 있다. 나이 든 부모님을 곁에서 보살피며 일할 수 있다. 대도시의 샐러리맨 생활에 지친 나머지 마음 푸근해지는 고향에 내려와 익숙한 공동체 안에서 가족들과 소소한 행복을 누리며 살고 싶은 경우도 있다. 혹은 자신의 한계를 직시, 꿈을 포기하고 가업을 잇기로 결심하는 경우도 적지 않을 것이다. 어쨌거나 일단 가업을 잇기로 결심하면, 그들은 최선을 다해 일을 배워 부모님이 든든하게 믿고 맡길 수 있게끔 할 것이다. 누가 뭐래도 가업을 잇는 일은 부모 세대의 노력을 이어받고 계승하는 것이며 그만큼 부모가 지켜온 일을 겸손한 마음으로 존경하고 존중함을 의미한다. 그런 '좋은 마음'들이 대대로 이어져 내려가면서 훌륭한 노포의 역사는 차곡차곡 만들어진다.

4。

부부가
함께
일한다는 것

2015년 무더운 한여름, 가모강가 골목에 10평 남짓한 카페가 개업했다. 카페 이름은 '와이프 앤드 허즈번드WIFE & HUSBAND'. 이름대로 부부인 요시다 교이치 씨와 이쿠미 씨가 함께 운영하는 카페다. 마치야 건물의 1층에 위치한 이 카페는 부부가 취미로 조금씩 모은 앤티크 가구와 소품들로 아련하고 노스탤직한 분위기를 자아낸다. 벽에는 어린 딸과 아들이 색연필로 자유롭게 그린 그림들이 액자로 걸려 있고, 천장에는 들꽃으로 만든 드라이플라워 부케가 장식되어 있다. 부인 이쿠미 씨가 결혼식 날 들었던 부케와 카페 오픈일에 지인들이 준 축하 꽃다발을 그대로 말려 차곡차곡 걸어둔 것이다.

카페 문을 열고 들어가니 눈썹이 짙고 인상이 인자한 남편 교이치 씨가 반갑게 그날의 첫 손님인 우리를 맞이해주었다. 개점한 지 얼마 지나지 않은 시간에 와서 아직 다른 손님은 아무도 없었다. 견과류가 알알이 박힌 파운드케이크와 카페오레를 주문했다. 10분쯤 지나니 동네 단골로 보이는 백발 단발머리 할머니가

문을 열고 들어와 카운터석 맨 구석에 자리를 잡는다. 평소 선호하는 일종의 지정석인 모양이다. 카페 단골들은 대개 각자 편애하는 자리가 있는 법이다.

"늘 마시던 걸로 주세요."

할머니의 어리광 섞인 목소리가 조용했던 카페 안에 울려 퍼졌다.

"블렌드 커피죠."

다 알면서도 한 번 더 친절한 미소로 확인하는 교이치 씨. 이윽고 이쿠미 씨가 가족의 거주 공간으로 짐작되는 2층에서 걸어 내려오는 소리가 들렸다. 바랜 푸른색 리넨 셔츠에 연회색 앞치마를 두른 정갈한 차림이었다. 주근깨를 그대로 드러낸 그녀의 꾸밈없고 까무잡잡한 얼굴에 아주 잘 어울렸다. 그녀가 싱그러운 표정을 지으며 할머니 앞으로 다가가 낭랑한 목소리로 아침 인사를 건넸다.

할머니는 이쿠미 씨의 등장을 반기며 최근에 시작한 프랑스어 공부에 대한 경과 보고를 하기 시작했다. 차분한 분위기의 교이치 씨와 사뭇 다른 이쿠미 씨의 등장에 카페 안이 생기로 넘쳐났다. 분위기가 닮았으면서도 서로를 보완하는, 무척 보기 좋은 부부였다.

부부에게는 딸과 아들이 있다. 직접 볶아 만든 오리지널 브랜드 커피의 이름을 그래서 '도터daughter'라고 지었고, 그다음으로는 '선son'이라는 커피 브랜드를 준비 중이다. 두 사람은 사랑하는 아이들의 성장을 지켜보기 위해 과감히 일하는 시간을 최소화했다. 가게 영업 시간은 오전 10시부터 오후 5시, 일요일, 월요일, 목요일 주 3일은 쉬고 가족과 함께 보낸다. 그래서 카페 홈페이지에는 이런 글이 게재되어 있다.

> 우리는 남편과 아내인 동시에, 아빠이자 엄마이기도 합니다. 저희가 이 가게를 열게 된 이유 중 하나는, 가급적 아이들 곁에서 지내고 싶어서였습니다. 아이들이, 저희가 일하는 뒷모습을 보면서 미래의 자양분이 되어줄 무언가를 느낄 수 있다면 참 기쁘겠다는 생각도 해보지만, 뒷모습만 보이는 것이 아니라 얼굴을 마주보는 시간도 소중히 하고 싶다고 생각했습니다. 손님 여러분께 불편을 끼쳐드리게 되었지만 저희의 마음을 너그럽게 이해해주신다면 정말 기쁘겠습니다.

◦
와이프 앤드 허즈번드 카페의 외관.
피크닉 세트에 쓰이는 바구니와 스툴,
파라솔과 미니 테이블이 놓여 있다.

봄이 되면 이 카페 인근의 가모강변은 클로버 꽃이 초록빛 잔디밭에 한가득 피어나 마치 동화 속 나라처럼 환상적인 풍경이 된다. 이런 훌륭한 경치를 자신들만 즐기기가 아까워 요시다 부부는 '가모강 피크닉 세트'를 메뉴로 고안했다. 커피가 든 보온병, 머그, 구운 과자, 리넨 매트를 넣은 피크닉 바스켓과 함께 카페 밖 처마 밑에 걸린 미니 원목 테이블과 스툴을 원하는 손님들에게 대여하는 서비스다. 손님들은 그것들을 가지고 코앞에 있는 가모강변 잔디밭에서 흘러가는 강물을 바라보며 운치 있게 커피와 다과를 즐길 수 있다.

처음 두 사람이 만난 날, 이쿠미 씨와 교이치 씨는 함께 커피콩을 볶으며 시간을 보냈고 연인 관계가 된 후에는 커피를 즐기며 자연스럽게 둘만의 카페를 갖는 꿈을 꾸었다. 그리고 마침내 두 사람은 그 꿈을 함께 이루었다.

"원래는 두 사람이 살 집을 찾고 있었어요. 막연히 나중엔 거기서 카페를 열 수 있으면 좋겠다고 생각했는데 마침 이 집을 찾았죠. 오뎅집이었던 이 목조 가옥은 처음에는 목수님도 놀랄 정도로 엉망진창이었어요. 6년 전에 이사 와서 천천히 시간을 들여 저희가 직접 개조하고 꾸며서 가게를 준비했지요."

부부가 함께 일한다는 것은 거의 하루 종일 같이 지낸다는 의미다. 그렇게 일상이라는 이름의 모험을 함께 시작하고 생활이라는 이름의 신비를 알아간다. 그사이 수많은 기쁨과 슬픔을 나누게 되겠지. 이렇게 그림처럼 완벽하게 아름다워 보이는 부부도 때로는 다투겠지만 이내 우리 행복해지자고 손을 맞잡겠지. 전혀 몰랐던 남남이 만나 하나의 약속을 맺어 같이 먹고 자고 아이를 키우고, 더 나아가서는 같은 노동으로 가치를 찾고 같은 짐을 지고 살아가는 불가사의한 인연. 이런 두 사람은 서로를 마주보기보다 함께 같은 방향을 바라보겠지.

◦

와이프 앤드 허즈번드의 아늑한 내부.
1층은 카페,
2층은 그들의 생활공간.

와이프 앤드 허즈번드의 카페오레와
견과류 파운드케이크.

○
와이프 앤드 허즈번드의 '와이프'인
요시다 이쿠미 씨.
쾌활하다.

와이프 앤드 허즈번드의 '허즈번드'인
요시다 교이치 씨.
차분하다.

5。

세상에서
가장 아름다운
동네 서점

그날은 아침부터 비가 부슬부슬 내렸다. 편의점에서 흰색 비닐 우산을 사서 교토역 정류장에서 206번 버스를 탔다. 차창 밖으로 비 내리는 촉촉한 교토 거리를 내다보면서, 행여나 내릴 정류장을 놓칠까 싶어 정면의 전광판을 수시로 노려보았다. 30여 분을 달려 다카노 정류장에 내렸다. 거기서 동북쪽 방면으로 100미터 정도 골목길을 걸어 올라가니 서점 게이분샤 이치조지점이 보였다. 이곳은 영국의 〈가디언Guardian〉지가 '세계에서 가장 아름다운 서점Top Shelves' 열 곳 중 한 곳으로 뽑은 서점이다.

책을 좋아하는 사람이라면 누구나 문을 열고 안에 들어서면서 잠시 숨이 멎었을 것이다. 나무 간판과 통유리창 앞의 벤치와 줄 세워진 자전거들. 120평 남짓한 서점 안의 다양한 스탠드 조명들이 자아내는 은은한 불빛. 각양각색의 책장에 자유롭게 비치된 아름다운 표지의 책들. 대개가 혼자 온 손님들은 조용히 서가 사이를 다니며 충만한 표정으로 책들을 한 권 한 권 세심히 보고 있었다. 서점의 분위기는 매혹적이었고 내가 사는 동네에도 이런 서점이 있다면 정말 행복하겠다고 생각했다. 낭만적인 아치 모양의 창틀 너머로는 우산을 한 손에 들고 뒷자리에 비옷 입은 아이를 태운 채 자전거를 타고 유유히 비 사이를 지나는 젊은 엄마의 모습이 보였다.

1982년에 문을 연 서점 게이분샤 이치조지점의 시작은 30평 정도의 작은 책방이었다. 당시에는 따로 점장도 없이 아르바이트 점원들(주로 대학생이나 예술계 프리랜서들이었다)이 각자 특기나 관심 분야(영미 문학이나 만화, 음악, 디자인 등)를 살려서 서가를 하나씩 채워나갔다. 매출보다 흥미로운 서가를 만드는 일을 더 중시해서 점원들이 확신을 가지고 자신이 좋아하는 책들을 팔게 한 것이다. 점원들의 개성적인 큐레이션을 통해 다양한 가치들이 자연스럽게 뒤섞이면서 서점의 고유한 색깔을 만들어나갔다.

알기 쉽게 A to Z 식으로 배열하지도 않았다. 신간 위주의 책을 다루는 일반적인 서점도 아니었다. 선풍적인 화제와 인기를 모은 '해리 포터' 시리즈를 힘들게 입고했는데 정작 이 서점에서는 놀라울 정도로 팔리지가 않았다. 그래서 더더욱 점원들은 확신을 가졌다. 이미 검증된 베스트셀러가 아닌 우리가 '이거야'라고 확신하는 책을 차근차근 팔아나가자고, 우리 나름의 스테디셀러를 만들어나가자고 말이다. 남들이 다 유행처럼 사 가는 책보다는 흥미로운 관점과 콘셉트가 있는 책, 표지 디자인이 독창적이고 아름다운 책, 현재 유통되지 않고 출판사 창고에 처박혀 있는 보물 같은 책 들을 발굴해서 다시 한 번 주목받게 하는 것이 게이분샤 이치조지점의 존재 의의였다. 가치 있는 중고책과 교토에서 만들어진 독립 출판 서적들도 선별해서 손님들에게 선보였다. 점원들은 손글씨로 책 소개 문구를 직접 써서 모든 책 안에 정성스럽게 집어넣었다. 마음을 담아 추천했기에 문구들은 설득력이 있었다.

일본 전역과 외국에서도, 사람들은 이 각별한 서점에 오기 위해 일부러 이 조용한 외곽 동네를 찾게 되었지만 게이분샤 이치조지점은 결코 '동네 서점'으로서의 자세를 잃지 않았다. 그렇게 유명해졌어도 여전히, 함께 공동체를 이루며 살아가는 이웃 주민들을 가장 소중히 여겼다. 서점 홈페이지의 '찾아오는 길' 페이지에는 이렇게 적혀 있었다.

저희 서점을 찾아오다가 만약 길을 헤매시면, 인근 주민들에게

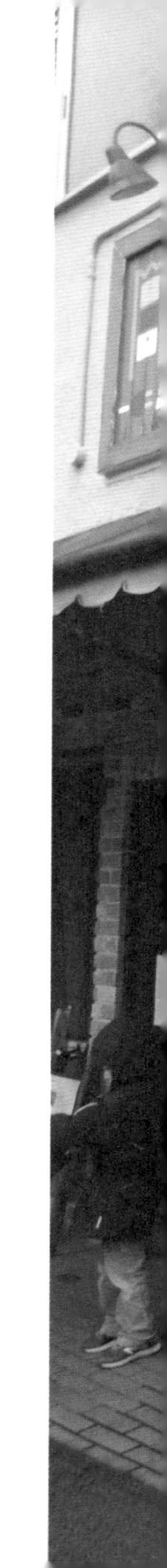

◦
서점 게이분샤 이치조지점의 외관.
작은 나무의자들이 나란히 놓여 있다.

社
BOOKS,
GIFTS &
SOMETHING FOR LIFE

길을 물어보시는 것은 민폐가 되오니 아무쪼록 삼가주십시오. 반드시 서점으로 직접 전화를 걸어서 길을 물어봐주시길 바랍니다.

마을 공동체의 구성원으로서 이웃에게 불편함을 끼치고 싶지 않은 마음. 책을 사랑하는 이웃 주민들부터가 동네 서점을 아껴주길 바라는 마음. 뜻밖의 안내문에 살며시 미소 지은 나는 버스 정류장에 내려 꼼꼼하게 지도를 봐가며 무사히 목적지에 도착했다. 작지만 뿌듯한 성취감을 느꼈다. 서점 정문 손잡이 옆에는 '실내에서 사진을 찍으실 경우 서점 직원에게 반드시 사전에 문의해주세요'라는 안내문이 있었다. 그 말에 따라 우선 카운터로 가서, 네이비색 앞치마를 두른 뿔테 안경 낀 남자 점원에게 서점 안에서 사진을 찍어도 되냐고 물었다.

"아, 네. 실내 촬영은 괜찮습니다만 책을 보고 있는 다른 손님들은 찍지 말아주세요."

점원은 친절하지만 단호하게 당부했다.

자신이 속한 마을 공동체에 대한 예의. 한 공간에 머무는 다른 손님들에 대한 예의. 타인을 존중하는 태도는 나를 소중히 여기는 마음에서 비롯한다. 타인을 향한 세심한 배려는 내가 언젠가 고스란히 돌려받게 될 호의이기도 하니까. 쾌적한 공존을 위해 우리 모두가 조금씩 더 서로에게 신중할 필요가 있음을, 이 아름다운 동네 서점은 대수롭지 않다는 듯 넌지시 가르쳐주었다.

◦

표지 디자인이 독창적이고 아름다운 책들이
유난히 많았던 게이분샤 이치조지점의 매대.

◦

'BOOK'이 새겨진 두툼한 면 티셔츠.
살까 말까, 살까 말까.

그래, 서점의 조명은
이렇게 따뜻해야 해.

6。

초판,
중판
그리고
절판

나는 에코백 애호가다. 마음에 드는 에코백을 보면 그대로 지나치지 못하는데, 은각사 근처 독립 서점 '호호호좌'에 갔다가 매우 독특한 에코백을 발견했다. 한자로 크게 '초판' '중판' '절판'이라고 적혀 있었다. 이는 출판업계의 용어로서 초판은 책을 처음 인쇄하는 것(초판이 많을수록 잘 팔릴 것을 예상한다는 의미)이고, 중판은 초판이 다 팔려서 추가로 책을 인쇄하는 것(한국에서는 중쇄 또는 2쇄라고 한다)으로 당연히 더욱 반가운 단어다. 한데 절판은, 더 이상 독자들이 찾지 않아 추가 인쇄를 포기한 책을 일컫는다. 복잡하고 씁쓸한 감정을 안겨주는 단어다.

언제 또 이런 출판업계 용어가 새겨진 에코백을 만날 수 있을까 싶어서 나는 친한 출판사 편집자들에게 선물할 요량으로 '초판' '중판' '절판' 에코백을 남김없이 싹쓸이해 왔다. 서울에 돌아와서 편집자 각자에게 어떤 단어가 찍힌 에코백을 원하느냐고 물으니 모두가 한결같이 '중판' 에코백을 원했다. 생각해보니 충분히 납득할 만한 선택이다. 그다음, 책을 쓰는 저자 친구들에게도 남은 '초판'과 '절판' 중에 무엇을 가지겠냐고 물었다. 다들 당연하다는 듯이 '초판' 에코백을 집었다. 이 역시도 생각해보니 무척 일리가 있었다. 자신이 쓰거나 만든 책이 절판되기를 바라는 사람은 아무도 없는 것이다. 결국, 나 홀로 외로이 '절판' 한자가 대문짝만하게 찍힌 에코백을 바보처럼 메고 다니고 있다.

호호호좌 서점의 '중판'과 '절판' 에코백.
책의 운명은 극과 극.

◦
호호호좌 서점 2층에는 중고 서적과 중고 그릇들을 판다.
2층 주인장은 포스 작렬.

ホホホ座
ホホホ座
本 雑貨
菓子 音楽 発見
BOOKS music
Candies & Goodies
KNICK KNACKS
SURPRISES!
ホホホ座
11:00-20:00
無休
11:30-19:00

7。

무서운 주인장들만의 매력

독립 서점 호호호좌를 구경하고 나오면서 서점 직원에게 근처에 점심 식사하기 마땅한 곳이 있냐고 물었다. 그는 서점을 나가서 오른쪽 개울만 건너면 '아오 오니기리'라는 가게가 바로 보일 거라고 일러주었다.

오니기리(삼각김밥) 전문점 '아오 오니기리'는 아오마쓰 도시히로 씨가 혼자 운영하는 작은 식당이다. 좁고 기다란 5평 남짓한 공간에 고작 열 개의 카운터석이 오손도손 줄 서 있다. 가게 안으로 들어서면 곧바로 아오마쓰 주인장의 아우라에 압도당한다. 우선 그의 외모를 냉정하게 살펴보자. 파란 면 스카프를 목에 두르고 흰 작업복을 입은 그는 나이가 아무리 많아도 30대 초반을 넘지는 않아 보인다. 머리카락은 완전히 다 밀었다. 눈은 보리새우처럼 작고 가장자리가 위로 찢어졌다. 얼굴 왼쪽 뺨엔 칼로 길게 베인 자국이 선명하게 남아 있다.

과묵한 이 남자는 대체 언제부터 이 일을 했을까. 많은 풍파를 겪었을 법한 분위기를 풍겼다. 마치 전직 야쿠자가 그 일에 환멸을 느껴 손을 씻고 나와, 사람을 이롭게 하는 가장 근본적인 '밥'을 만지는 일을 각오하고 선택한 것 같달까.

주인장의 외모에 위축됐다고 이제 와서 나갈 수도 없는 노릇. 이대로 나갔다간 오히려 더 무서운 일이 일어날 것만 같다. 하는 수 없이 손님은 조심스럽게 카운터 앞에 자리를 잡는다. 주인장은 이내 날카로운 저음으로 이렇게 말을 건넨다.

"자리마다 구비된 메모지에 주문할 음식을 표시해주십시오."

손님은 무조건 그가 시키는 대로 해야 하는 분위기다. 주문을 하고 나면 허리를 곧게 펴고 경건한 자세로 주인장이 오니기리를 집중해서 빚는 모습을 숨죽이고 지켜봐야만 할 것 같다. 철가마에 지은, 윤기가 자르르 흐르는 흰쌀밥. 삼각김밥 안에 들어갈 내용물로는 연어나 매실 등의 기본 재료부터, 매운 멸치와 피망 같은 직접 조리한 다양한 재료까지 총 스물다섯 종류나 있다. 이윽고 가게 안에 긴장감을 자아내던 그의 험상궂은 인상이 풀리는가 싶더니 오니기리와 미소시루를 아무 말 없이 카운터 위에 올려준다. 냉큼 받아 가라는 뜻이다.

그가 만든 오니기리는 그간의 긴장을 다 풀어주는, 마음이 절로 푸근해지는 맛이다. 매일 와서 먹어도 질리지 않을 것 같은,

정이 느껴지는 손맛. 우리가 밥을 먹는 사이 주인장은 방해하지 않으려는 듯이 등을 돌리고 오니기리 속을 채울 재료들을 손질한다. 그러다 손님들이 다 먹어갈 때쯤 몸을 돌리더니 아까 음식 주문을 받을 때와 같은 날카로운 저음으로, 밥을 다 먹고 나면 그릇은 자기 쪽으로 올려달라고 일러준다. 손님들은 저도 모르게 칼같이 그가 시키는 대로 하게 되지만 주인장의 고압적인 태도가 어째 하나도 밉지가 않다.

가게 이름 '아오 오니기리'가 '파란 도깨비'를 뜻하는 '아오 오니青鬼'와 비슷해서인지 카운터 뒤쪽 벽에는 천장 꼭대기까지 온통 아오마쓰 주인장을 닮은 파란색 도깨비 그림으로 도배되어 있다. 이 집에 오니기리를 먹으러 온 동네 어린이들이 밥이 나오길 기다리면서 지루해하거나 부모보다 먼저 다 먹고 심심해할 무렵, 주인장이 '옜다, 내 얼굴이나 그리고 있어라'라며 종이와 필기구를 건네주는 것이다. 그가 인상 쓰고 말을 하면 아이들은 자동적으로 충성을 다해 그릴밖에!

같이 갔던 딸 윤서에게도 기다리는 동안 종이와 연필이 주어졌고 마치 마법에 이끌리듯 윤서는 도깨비처럼 인상이 험악한 아저씨의 초상화를 열심히 그린다.

◦
아오 오니기리 삼각김밥 가게의 입구.
간판만 봐도 딱 맛있어 보여.

과거가 의심스러운,
도깨비를 닮은 아오 오니기리의 주인장.

◦
아이들은 음식을 기다리는 동안 주인장을 그린다.
윤서는 거침없이 주인장 얼굴의 칼자국을 그렸다.

"엄마, 내 그림도 아저씨가 저기에 붙여주실까?"

"물론이지. 나중에 윤서가 직접 드리렴."

처음에 주인장을 보고 조금 무서워했던 딸아이도 그림을 그리느라 그 얼굴을 계속 유심히 쳐다보다 보니 저절로 편안해진 것 같다. 여기 온 어린이들은 모두 그런 식으로 도깨비에게 홀리듯이 매료되는지도 모르겠다.

식사를 마치고 돈을 지불하는데 윤서가 아오마쓰 주인장에게 자신이 그린 그림을 슬며시 건넨다. 그는 자신의 초상화를 받아 보고는 "흠, 참 잘 그렸군" 하고 무뚝뚝하게 한마디 하더니 곧바로 벽에서 제일 잘 보이는 위치에 그 그림을 붙인다. 그가 팔을 높이 뻗어 윤서의 그림을 벽에 붙일 때 나는 슬그머니 미소 짓는 그의 옆모습을 비스듬히 보았다. 가뜩이나 작은 눈이 실처럼 가느다래졌다. 일견 무뚝뚝하고 괴팍해 보이는 사람이 어쩌다가 보여주는 어린아이처럼 해맑은 미소는 당해낼 재간이 없다고 생각했다. 자기가 그린 그림이 다른 어린이들의 그림과 나란히 걸리는 걸 지켜보는 윤서의 입가에도 뿌듯해하는 미소가 피어오른다. 도깨비 주인장과 딸아이가 즐거워하는 모습에 나도 무척 흐뭇하다.

퉁명스러움은 그것을 만회하는 속 깊은 선의가 발견되면 도리어 고유의 매력으로 비친다. 한번 그 매력에 이끌리면 그때부터는 다름 아닌 그 주인장이 궁금하고 보고 싶어져서 그곳을 찾게 된다. 그리고 주인장이 자신의 가게에서 지키는 완고한 원칙을 존중하고 따르게 된다.

그러고 보니 내가 원고 작업하러 가는 상수동 단골 카페의 남자 사장님(내 책 여기저기에 참 많이도 소환된다)도 무뚝뚝하고, 잘 웃지도 않고, 웬만한 사람은 그 기에 눌릴 만큼 존재감이 강하다. 그러다가 커피값을 계산하고 집에 가려고 하면 불쑥 토마토나 옥수수나 감자 같은 것 두세 개를 갈색 종이 봉지에 넣어 태연하게 내민다.

"너무 많으니까 좀 가져가세요."

선물로 생색내기는커녕 처치 곤란 물품을 처리해버리려는 듯한 태도를 연기하고 있다는 걸 나는 안다. 한번은 처음 방문한 여자 손님 둘이 음료를 주문하면서 "이 음악 틀어주세요"라며 마치 DJ에게 신청곡 주문하듯 스스럼없이 말하는 게 들렸다. 한데 그녀들이 듣고 싶어하는 노래는 단골인 내가 볼 때 그 카페와 어울리지 않았다. 사장님의 단호한 음악 취향을 익히 알기에 과

연 그가 손님의 천진난만한 요청에 어떻게 대처할지 내가 다 긴장되고 조마조마했다. 아니나 다를까 사장님은 그녀들 앞에서는 알겠다는 듯이 고개를 살짝 끄덕였지만 끝내 그 신청곡은 틀지 않았다. 손님들이 불평하거나 말거나 그는 늘 하던 대로 자신의 감독 의자에 편하게 앉아 읽고 있던 두꺼운 소설책으로 돌아갔다.

그런 대단하고 무시무시한 카페 사장님이지만 정작 내가 심통난 어린아이처럼 언짢고 울적한 기분을 얼굴에 다 드러내며 원고 작업을 하고 있으면 역시 대수롭지 않게 평소 내가 좋아한다고 말해왔던 노래들을 슬그머니 틀어준다. 그러고 나선 으레 또 모른 척.

8。

풍경을
위해서라면

예민한 사람이라면 이미 알아챘을지도 모른다. 교토 거리의 간판은 어딘가 조금 다르다는 것을.

패스트푸드점 '맥도날드McDonald's'의 간판에는 본래 전 세계 어디에서나 새빨간색 바탕에 진노랑색 로고가 박혀 있지만, 교토에서만큼은 갈색 바탕에 채도가 낮은 노란색 로고, 그리고 흰색 알파벳 글자로 이루어져 있다. 의류점 '유니클로UNIQLO'의 빨간색 바탕에 흰색 글자로 된 간판도 교토에서는 흰색 바탕에 갈색 글자로 바뀌었고, 원래는 밝은 파란색인 편의점 '로손Lawson'의 간판도, 덮밥 체인점 요시노야吉野家의 형광 주황색 간판도, 교토에서는 검정색과 하얀색으로 절제되어 표현된다. 마치 인사동 스타벅스가 전통 거리의 정체성에 맞춰 'STARBUCKS'가 아닌 '스타벅스'로 표기하고 있듯이.

교토에는 경관 조례법이 있어 지나치게 화려한 간판 색깔을 법으로 금지하고 있다. 브랜드 이름의 글자 색상은 흰색, 검정색, 갈색 외에는 접수가 되지 않고 특히 선정적인 느낌의 빨간색

◦
교토 맥도날드의 간판이
튀지 않고 다소곳하다.

은 엄격하게 금지되어 있다. 또한 교토의 특정 거리는 건물 높이도 20미터까지로 제한되어 있다. 아무리 높아도 대략 5층 건물을 넘어설 수는 없다. 기온祇園, 가미시치겐上七軒 등의 유명 화류가에는 전봇대나 전선이 보이지 않는다.

전통 거리의 은은하고 서정적인 풍경을 지키기 위해서라면 기업의 간판 색깔은 얼마든지 바꾸겠다는 암묵적인 다짐. 들쑥날쑥 제멋대로 지어진 잿빛 빌딩들이 경관을 훼손하게 둘 수는 없다는 결심. 미의 극치를 보여주는 화류가에서는 아름답지 못한 전봇대를 땅 밑으로 집어넣어 전선 없는 거리로 만들어놓고야 마는 의지.

오로지 교토의 총체적인 아름다움을 위해 주민들과 기업들이 기꺼이 협조한다. 나 혼자 튀기보다 주변과 조화를 이루려는 마음, 각자가 조금씩 양보하는 그런 마음들이 모여, 모두가 함께 즐길 수 있는 아름다운 풍경을 변함없이 유지해나간다.

9。

가모강과
사람들

누군가 나의 글에 대해 이렇게 말한 적이 있다.

"너의 글은 거친 파도가 휘몰아치는 웅장한 바다가 아니라 잔잔한 물결을 머금은 강 같아. 겉보기엔 잔잔하지만 막상 들어가 보면 보기보다 훨씬 깊은."

규모가 작아도, 겉보기엔 색이 연해도, 테두리가 고르지 않아도, 사람들이 다가가면 사색을 하게 만드는 존재. 그런 글을 쓸 수 있다면 나로서도 기쁠 것이다.

길이는 총 31킬로미터나 되지만 폭은 좁아 중간중간에 징검다리를 심어놓은 가모강. 서울의 한강처럼 크지도 않고, 파리의 세느강처럼 밋밋하지도 않다. 자연 그대로의 울퉁불퉁한 굴곡을 가지며 들풀과 들꽃들이 제멋대로 피어 있고, 인공적인 조형물이나 시설 없이 싱그러운 아름다움을 유지해왔다. 빼곡히 심어진 나무들 덕분에 사계절의 변화를 가장 먼저 알려주는 장소다. 그 아담하지만 명료한 존재감에서 내가 쓰고 싶은 이상적인 글의 모습을 본다.

정처 없이 교토 거리를 걷다 보면 어느새 가모강 근처에 가 있곤 한다. 다리 위에서 한참 동안 강을 바라본다. 흐르는 강물은 세상의 모든 것들이 끝내 흘러가버리고야 만다는 체념의 명제를 자연스럽게 받아들이게 해준다. 강물 흐르는 소리가 귀에 들리면 마음이 절로 편안해지고 정화되는 한편, 햇빛에 반사된 물결을 바라보면 벅찬 기운이 샘솟는다. 강을 따라 산책하다 보면 돌처럼 딱딱한 머릿속 응어리들이 풀어지며 생각과 영감이 떠오른다.

이토록 사려 깊은 강이 일상 속에 존재하는데도 너무 가까이 있다 보면 그 소중함을 잘 느끼지 못할 수도 있다. 하지만 강이 곁에 있기에 비로소 도시가 호흡하고 휴식한다. 어쩌면 가모강은 깊게 내쉬는 한숨이기도 하고 한 모금 깊게 빨아들이는 담배 연기이기도 하다. 긴장을 풀고 잠시 나를 내려놓는다는 뜻이다. 마음이 내키면 바로 시내 번화가에서 가모강변으로 빠져나오기만 하면 된다. 드넓은 하늘 아래 앉아서 여백을 음미하거나, 천천히 걷거나, 덩그러니 눕거나, 나지막이 노래를 부르거나, 캔커피를 마신다.

나는 서울에서부터 알 수 없는 무엇엔가 쫓기던 마음을 잠시 내려놓고 목적 없이, 아무것도 정하지 않은 채 가모강변을 걸어

◦
가모강변에서 버스킹하는
1집 가수 류지.

본다. 금빛으로 익어가는 풀밭 내음을 맡으면서 가모강의 아스라한 풍경을 마음에 담는다. 느릿느릿 걷다 보면 구석구석 빈틈으로 사유가 비집고 들어오기도 한다. 교토 사람들의 평범한 일상을 보고 싶다면 가모강으로 가면 된다. 나는 그곳에서 버스킹을 하는 1집 가수 류지를 만나 그의 흥미로운 기타 연주와 노래를 듣고, 조깅하는 사람들(시조-기타다이로 구간을 왕복하면 약 9.2킬로미터의 멋진 조깅 코스가 된다)을 지나치고, 지팡이를 짚고 조심조심 산책하는 백발 할아버지와 무릎 담요를 덮은 할머니의 휠체어를 뒤에서 미는 교복 차림의 중학생 손녀를 본다.

가모강을 유명하게 해준 트레이드마크는 강기슭에 같은 간격(약 2미터)을 두고 주욱 앉아 있는 커플들의 풍경이다. '타인에게 폐를 끼치지 않도록 적당한 거리를 지켜야 한다'는 규칙을 지켜가면서 연인들은 사랑을 속삭인다. 두 사람은 나란히 땅바닥에 앉아 몸을 가까이 하고 평소에는 잘 보지 못했던 서로의 아득한 옆모습을 훔쳐본다. 서로의 체취가 느껴지면 어느덧 여자는 남자의 어깨에 머리를 기댄다. 부드러운 강바람이 양쪽 뺨에 스치는 감촉을 느끼면서 연인들은 저 멀리 지는 붉은 노을빛처럼 서로에게 물들어간다.

10。

카페
소사이어티

엄밀히 따져보면 카페나 다방은 인간의 생존을 위해 반드시 필요한 곳은 아니다. 하지만 무용한 것들이 삶에 윤기를 준다. 그들이 존재하기에 우리는 보다 기분 좋게 일상을 살아나간다.

교토 사람들은 아주 오래전부터 카페라는 공간을 사랑해왔다. 교토에 처음 카페 문화를 도입한 것은 '신신도 교토대학 북문 앞 지점'이었다. 창업자가 프랑스 파리에서 유학 중일 때 그곳의 자유로운 카페 문화에 감화받아 그 분위기를 재현하고자 만든 교토의 첫 서양식 카페였다.

카페는 어디까지나 '사람들'이 만들어가는 공간이다. 제아무리 호화롭게 실내 장식을 한들 카페를 이루는 핵심 요소는 바로 거기에 머무는 사람들이다. 사람들이 카페 특유의 공기를 일구어내는 것이다. 별 대단한 것이 없는 공간이라도, 그곳에 앉아 있는 사람들이 좋은 느낌을 준다면 그것만으로도 그 카페는 매력을 풍긴다.

교토 카페에서 커피를 마시며 시간을 보내는 이들은 어떤 사람들일까? 은퇴해서 여유가 많은 동네 주민, 인근에서 가게를 운영하는 주인장, 자유업에 종사하는 전문가, 게이코와 그녀를 에스코트해서 온 남자, 대학생, 타지에서 온 여행객, 혹은 가족 등 다채롭다. 출신도 환경도 다른 사람들이 각자 한 공간에서 편안한 시간을 보낸다. 그 조화로움을 유지하기 위해서도 약간의 거리감을 가지고 모두 조심스럽게 예의를 지킨다. 이질적인 것이 한데 섞여 있으면서도 안정된 질서가 느껴지는 이유이다.

'처음 오시는 분은 사절합니다'라며 단골 손님을 절대시하는 노포나 오차야(게이코와 마이코의 일터인 연회 장소)와는 달리, 교토의 카페만큼은 모든 사람들을 차별 없이 수용한다. 카페만큼은 손님을 고르지 않고, 귀천을 따지지 않으며, 처음 온 손님이든 단골이든, 모든 만남을 그때그때 소중히 하고자 한다.

신신도 카페보다 10년쯤 늦게, 1940년에 개점한 '이노다 커피' 본점의 아침 풍경을 보면, 아침 일찍부터 동그란 테이블 앞에 앉아 혼자 조용히 신문이나 문고본을 읽으며 이노다의 명물 커피 '아라비아의 진주'를 마시는 교토 토박이들이 있다. 그 모습이 하도 편안해 보여 누가 봐도 단골임을 알 수 있다. 그러다가 엇비슷한 단골의 여유로운 분위기를 풍기며 다른 손님이 문

◦

개점한 지 77년이 되어가는
교토의 대표 카페 이노다 커피.
그리고 대표 메뉴 중 하나인 '모닝 세트'.

Coffee Smart
COFFEE

스마트 커피의 대표 메뉴,
버터를 얹은 팬케이크와 메이플시럽을 곁들인
프렌치 토스트.

을 열고 들어온다. "아, 오셨어요?" 그들끼리 인사를 나누고 때로는 동석해서 가벼운 대화를 나눈다. 단골 손님들은 자연스럽게 카페에 모였다가 흩어지며 하루의 일부를 공유한다.

교토 번화가 데라마치寺町의 중심에 위치한 명물 카페 '스마트 커피'의 풍경도 너그럽고 부드러웠다. 혼자 찾아온 중장년층 남자들은 커피를 마시며 신문을 접어서 읽거나 커버를 덧씌운 책을 읽고 있다. 타지에서 소문 듣고 찾아온 젊은 여자 여행객들은 이곳의 인기 메뉴인 프렌치 토스트와 팬케이크를 앞에 두고 사진을 찍으며 즐거워한다. 기모노를 곱게 입은 중년 여성이 반듯한 자세로 앉아 샌드위치로 늦은 점심을 때우고 있다. 카페 안은 만석이고 밖에는 손님들 대여섯 명이 대기 중이어도 분위기는 흔들림 없이 차분하고 손님들과 직원들도 전혀 쫓기는 기색이 없다. 각자 자신이 원하는 만큼 카페에서 풍요로운 시간을 보내다 갈 자유가 있는 것이다.

익명의 사람들이 제 발로 모여들어 맛있는 커피를 마시며, 천천히 책을 읽거나 음악을 듣거나 조용히 생각에 잠기는 일. 이는 사람들의 삶에 여백과 에너지를 동시에 주는 역할을 한다. 불필요한 마음의 짐을 덜고, 머릿속을 비워내고, 혹은 그저 아무것도 하지 않고, 새로운 힘을 얻어 가는 것. 이것이 카페의 존재 이유가 아닐까. 규칙적으로 카페에 나가 원고 작업을 하는 나로서도 이제는 카페가 없는 삶은 상상조차 할 수 없다.

11。

교토의
빵 사랑

교토에 대학생 수만큼이나 많은 것이 빵집이다. 인구 대비로 치면 전국에서 1, 2등을 다투고 또한 교토는 일본에서 가장 많은 빵 소비량을 자랑한다. 체인점 빵집보다 압도적으로 많은 것이 개인이 운영하는 프랑스 불랑제리풍 빵집이다(참고로 교토와 파리는 자매 도시 결연을 맺었다). 교토의 이마데가와今出川 거리를 걷다 보면 이런 빵집들이 장관을 이룬다. 소박한 외관의 빵집에 들어서자마자 풍겨오는 구수한 빵 내음과 다종다양한 먹음직스러운 빵들에 기분이 절로 행복해진다. 오늘은 어떤 빵을 고를까 흥분이 되어 스테인리스 집게를 잡은 손이 살짝 떨린다.

교토 하면 일본 전통 도시라는 이미지가 강해서 교토 사람들은 빵보다 밥을 선호하고 담백하고 깔끔한 일본 음식만 먹을 것 같지만, 천만의 말씀. 교토 사람들은 라멘과 교자(일본식 군만두) 같은 기름진 음식을 즐겨 먹는가 하면, 서양에서 온 '빵'을 몹시도 사랑한다. 휴일 아침이면 집 근처 커피점에 모닝 세트(토스트와 계란, 커피로 구성된 간단한 조식 메뉴)를 먹으러 온 가족이 출동

하는 것이 자연스러운 풍경이기도 하다.

교토 사람들은 어쩌다가 이토록 빵을 즐겨 먹게 되었을까. 빵이 대중적으로 보급되기 전에는 교토의 아침 식사라고 하면 으레 오차쓰케(뜨거운 녹차에 흰밥을 만 것)에 절임 채소 반찬을 곁들여 먹는 정도였다. 특히 장사를 하는 집에서는 어머니들도 가게 일이나 가내 수공업을 겸하는 터라, 여유 있게 아침밥을 차리거나 음미할 시간이 없었다. 교토의 가정에서 아침밥은 반찬을 늘어놓고 거나하게 배불리 먹는 식사가 아닌, 설거지를 줄이기 위해 최소한의 그릇을 사용해서 끼니를 때우는 일이었다. 그래서 아침에 오차쓰케를 주로 먹었던 교토 사람들에게는 빵도 같은 이유에서 환영받은 것. 지금도 교토에서는 '일하는 엄마'가 보편적이어서 아이들은 어렸을 때부터 '아침에 갓 지은 밥'에 대한 집착이 없고 직접 토스트를 구워 먹는 것을 당연하게 받아들인다. 하물며 작은 가내 수공업 상점의 장인들은 어떻겠는가. 많은 경우 '밥은 저녁에나 먹으면 되지, 뭐'라는 식으로, 일하면서 한 손으로 빨리 먹을 수 있는 빵을 점심으로 선호한다. 또한 빵에는 커피가 빠질 수 없으니 커피 구입량도 교토시가 전국 3위를 기록하고 있다. 다시 말해 교토 사람들은 서양 음식이 입에 잘 맞았다기보다는 생활의 편의에 따라 빵을 먹게 되었고, 먹다 보니 익숙해지고 좋아하게 된 것이리라. 빵에 대한 애정은 말하자면 상인들의 합리주의가 낳은 결과인 셈이다.

비단 빵이 아니더라도, 교토 사람들의 식생활은 예나 지금이나 검소하고 소탈하다. 식재료를 하나 사면 끝까지 야무지게 썼고, 하나의 식재료로 반찬을 몇 가지 만들 수 있는지가 주부로서의 기량을 평가하는 기준이 되었다. 교토의 어린이들은 밥그릇에 밥풀 하나라도 남기면 야단을 맞곤 했다. 대외적으로 교토의 전통식으로 유명세를 얻은 '오반자이' 요리는 애초에 교토식 별미가 아니라 아껴 쓰고 남은 식재료를 처리하기 위해 구상해낸 검소하고 하찮은 반찬 요리였다(그래서 식구들끼리나 둘러앉아 처분하듯 먹어치우는 반찬인 오반자이를 손님에게 대접하는 것은 실례라고 생각한다). 검약 정신과 선대의 지혜, 그리고 생활의 실용주의와 합리주의가 이제까지 교토의 식문화를 이끌어왔다고 해도 과언이 아닐 것이다.

哲学の道

○
철학의 길을 지키는
무심하고 초연한 '철학의 고양이'.

12。

물건에도 철학이 있다

오래 사용해서 낡고 더러워진 물건을 보면 세상 사람들의 반응은 대개 다음 세 가지 유형일 것이다.

1. 보이지 않게 구석에 처박아둔다.
2. 버리고 새로 산다.
3. 깨끗하게 닦거나 수리를 해서 다시 쓴다.

현재 교토조형예술대학 디자인학과 교수인 나가오카 겐메이 씨는 세 번째 유형의 사람이었다. 그는 물건을 허투루 버리지 않는 기분 좋음을 아는 사람이었다. 새로 지은 아파트보다는 지은 지 오래된 낡은 건물을 세심히 손보거나 깨끗하게 유지해서 사는 것이 훨씬 더 멋지다고 생각할 법한 사람이다.

젊은 시절 전도유망한 그래픽 디자이너였던 나가오카 씨의 취미는 중고 물품이나 재활용품 가게들을 돌면서 버리기엔 아까운, 쓸 만한 물건들을 사 모으는 일이었다. 어찌 보면 물건들의

'무덤' 속에서 아직 디자인적 가치가 있거나 흥미로운 가구들을 '구조'해온 것이다. 처음에는 자동차 트렁크에 그 물건들을 실어 와 자신이 운영하는 디자인 사무실의 사용하지 않는 욕실에 넣어두기를 반복했다. 어느덧 더 이상 자리가 남지 않자, 나가오카 씨는 집을 아예 큰 데로 이사해서 그 물건들을 보관할 공간을 따로 마련했다. 그러고는 시간이 날 때마다 그것들을 하나하나 깨끗하게 닦고 광내고, 수리해야 할 부분은 수리를 했다. 낡은 물건들은 그래서 새로운 수명을 얻었다.

그렇게 자신의 손을 거친 물건들을 이번에는 팔아보자 싶어 웹 스토어를 만들어서 올렸더니 놀랍게도 일주일 만에 모두 판매되었다. 나중에는 그 재활용 물건들을 직접 보고 싶다는 요청이 늘어 주말에 집을 쇼룸처럼 개방하기에 이르렀다. 웹 스토어를 연 지 3개월쯤 지나자 그의 집은 주말이면 하루 30여 명이 찾아오는 어지간한 가게 수준이 되어버렸다. 마침 20년 가까이 디자이너로 일하면서 트렌드에 지나치게 민감한 디자인업계에 회의를 느끼던 참이라, 나가오카 씨는 취미 삼아 시도했던 재활용품 판매를 본격적인 사업으로 구상하기 시작했다.

제품 디자인에 대한 나가오카 씨의 철학은 확고했다. 그는 유행을 만들어 대량으로 소비하게 하고 쓰레기를 산출하는 디자인이나, 일반 사람들에게 소구되지 못하는데도 단순히 유명 전문가의 디자인이라는 이유만으로 높이 평가받는 허세를 배격했다. 그에게 '올바른 디자인'이란 유행이나 브랜드에 민감한 디자인도 아니고 싸구려 일회용품도 아닌, '시간을 거슬러 오래 버텨낸' 본질에 충실한 디자인이었다. 그리하여 '롱 라이프 디자인Long Life Design'을 콘셉트로 하는 '디앤디파트먼트D&Department' 프로젝트를 런칭했다. 나가오카 씨의 물건 선별 기준은 유행이나 트렌드, 브랜드나 소비자 수요가 아니었다. 무엇보다도 소재, 마무리, 기능 등이 평범한 사람들의 일상생활에서 오래도록 잘 쓰일지가 관건이었다. 저렴하게 다량으로 만들어진 물건이 아닌 오래도록 쓸 수 있는 질 좋은 물건. 제작자가 정성을 다해 만든, 제대로 된 물건. 단순히 상품으로 팔리는 게 아니라 제작자의 생각과 의미 있는 메시지를 전하는 물건. 그런 물건들은 그것을 접하고 다루는 사람의 태도마저 바꾼다고 나가오카 씨는 믿었다. 구입한 물건을 쉽게 버리지 않는 것. 애정을 가지고 물건을 다루는 것. 이런 소비 방식이 사람들의 생활 의식을 높일 수 있다고 생각했다.

각 도시에 디앤디파트먼트 상점을 전개하는 방식에도 그의 생각이 담겨 있다. 예로, 상점 위치를 정할 때는 인근 전철역에서 도보로 최소 20분 정도 걸리고 사람들이 많이 다니지 않는, 일반 상인들은 기피하는 장소를 선택했다. 일부러 찾아가기 불편한 장소에 있는 편이 낫다고 판단한 것은 손님들에게 의지가 있다면 어떻게든 찾아와줄 거라고 믿었기 때문이다. 그는 지나가다가 불쑥 들어오는 불특정 다수의 사람들을 즉각적으로 유인하기보다는 생활 의식이 높은 사람들이 의지를 가지고 찾아올 수 있는 가게를 만들고 싶었다. 접근이 불편한 위치에 있기에 상대적으로 저렴한 임대료로 넓은 공간을 확보할 수 있는 것도 장점이었다. 몇 해 전 서울 이태원에 생긴 '디앤디파트먼트 서울'도 한강진역과 이태원역의 중간쯤 되는 애매한 장소에 있다. 4층짜리 흰색 건물에는 큰 간판 같은 것은 물론 없고 아담한 팻말 하나가 꽂혀 있을 뿐이다.

디앤디파트먼트의 운영 철학 또한 매력적인데 이는 좋은 물건의 본질을 소중히 여기는 마음 때문이다. 무조건 많이 팔아 이윤을 많이 남기는 것이 목적이 아니라고 얘기할 수 있는 그 단단함. '세일' 즉 판매 가격을 낮추는 일이 없는 것도, 손쉽게 돈벌이

만 추구하면 물건을 다루는 일의 깊이가 사라지기 때문이다. 가치 있는 진짜배기 물건들은 제값을 하기 마련이며 모든 물건을 정당하게 제값 주고 사는 것이 결국에는 만드는 사람, 파는 사람, 사는 사람 모두를 행복하게 한다고 믿는다.

또 단번에 많이 팔리고 마는 것보다 소량이더라도 오랫동안 꾸준히 팔리는 방식을 선호한다. 한 번에 100개를 제작해달라는 주문보다 매월 10개씩 지속적으로 주문이 들어오는 것을 더 반기는 식이다. 홍보도 마찬가지다. 실체 없이 이름만 유행처럼 둥둥 떠다니듯 무의미하게 알려지는 것이 가장 두려웠다. 그보다는 '그곳에서라면 무엇을 사도 괜찮아'라는 신뢰가 쌓여가는 속도와 디앤디파트먼트의 이름이 알려지는 속도가 균형을 이루도록 신경을 썼다.

같은 맥락에서 디앤디파트먼트의 디스플레이는 일부러 멋을 부리지 않는다. 일상에서 실제로 사용하는 물건을 취급하는 만큼 상품이 '일상적으로' 깔끔하게 정리된 것처럼만 진열한다. 다른 가게들이 어떻게 하면 물건들을 눈에 띄게 전시해 사람들이 혹해서 사게 하느냐에 골몰한다면, 반대로 디앤디파트먼트는 현란한 디스플레이로 손님의 충동구매를 부추기는 일을 자체적으

◦
이태원에 위치한 디앤디파트먼트 서울의 건물 안내판.
감각적인 카페와 서점,
가방과 문구 매장들이 함께 모여 있다.

로 금지한다. 순간의 기분이나 이미지로 물건을 팔다 보면 손님과의 신뢰 관계가 지속되지 못할 거라고 생각하기 때문이다.

수단과 방법을 가리지 않고 일단 많이 팔아 돈을 벌고 보자는 것이 장사의 대전제인 자본주의 세상에서 물건의 가치와 품위를 지켜나가고자 하는 디앤디파트먼트의 모습은 마치 꾸밈과 억지, 무리가 없는 진솔한 인간관계처럼 건강하고 상쾌하다.

집에서 원고 작업을 하다가 기분 전환을 하고 싶을 때면 나는 훌쩍 버스를 타고 이태원으로 향한다. 걸리는 시간은 고작 10여 분. '디앤디파트먼트 서울'만의 차분하고 안정된 분위기에서 머물다가 충만한 마음으로 귀가한다. 정직한 가게에서 정직한 물건들을 구경하다 보면 신기하게도, 나도 정직한 글을 써야지, 하는 초심이 돌아온다.

간장

13。

좋아하는 것이 이끄는 대로

'사우나노 우메유'(사우나 매화탕이라는 뜻)는 메이지 시대부터 이어져온, 교토에서 가장 오래된 공중 목욕탕(센토)이다. 이곳은 공교롭게도 일본에서 업계 최연소 주인, 미나토 산지로 씨가 지켜나가고 있다. 미나토 씨가 우메유를 인수한 것은 고작 스물네 살 때의 일이다. 애교 있는 동그란 뿔테 안경을 쓴 그는 시즈오카 현 출신으로 교토외국어대학 포르투갈어학과 재학 중 우메유에서 아르바이트를 한 적이 있었다. 워낙에 센토 '덕후'였고 센토의 복고풍 분위기를 사랑했다. 교토만 해도 200곳, 전국으로 치면 총 600곳에 가까운 센토에 목욕을 하러 다녔다.

대학 졸업 후 일반 의류 회사에 취직했던 그는 2015년 5월에 우메유가 폐업을 준비한다는 소식을 전해 들었다. 아르바이트 경험 덕분에 정이 들 만큼 들었던 우메유의 폐업 소식에 미나토 씨는 자기 일처럼 안타까웠고 어쩌면 이것이 자신이 열정을 쏟는 대상을 직업으로 삼을 수 있는 기회라고 생각했다. 하지만 주변에 이 계획을 얘기하니 모두가 뜯어말렸다. 심지어 센토업계

종사자들마저 반대했다.

"이젠 사양 사업이야."

"목욕탕 장사는 몸이 너무 힘들어."

"손님도 갈수록 적어지지."

"완전 적자야."

그러나 실패해볼 용기도 필요한 법. 이것저것 걸리는 것을 다 신경 쓰면 아무것도 시도해볼 수가 없다. 무모하지 않다면 그것은 모험도 아니었다. 오히려 그가 필요로 했던 것은 실패해도 괜찮다는 응원이었다. 미나토 씨는 자신의 감과 의지를 믿어보기로 했다. 사업계획서를 만들어서 건물주를 설득했고 마침내 사우나 우메유의 새 주인이 되었다.

맞닥뜨린 현실은 주변에서 조언해준 대로였다. 공중 목욕탕을 운영하는 일은 겉에서 보기보다 훨씬 더 힘들었다. 아르바이트생으로 일하던 때와 주인이 되어 책임을 지는 것은 차원이 달랐다. 체력과 신경을 갈아 넣다시피 해서 한 치의 실수도 없게 해야만 했다. 매일 정해진 시간에 열고 닫아야 하고, 마음대로 쉴 수도 없었다. 센토를 운영할 때 가장 중요한 것은 빈틈없는 청소와 목욕탕 물 온도를 항상 일정하게 맞추는 일이었다. 매일 같은 시간 동안 같은 퀄리티의 서비스를 제공해야 하는 장사인 것이다. 뭔가 조금이라도 바뀌면 단골 손님은 금세 알아차리고 발길을 끊는다. 게다가 이제는 일본 사람들 대부분이 자기 집에서 목욕을 하는 시대라 번거롭게 센토에 다니는 일은 어느덧 한물간 생활 풍습이 되어갔다. 그만큼 손님이 갈수록 줄어들 수밖에 없는 하향 추세인 산업. 애초에 우메유가 폐업했던 이유도 손님이 오지 않아 생긴 만성 적자 탓이었다.

미나토 씨가 우선 할 수 있었던 것은 자신의 생활비를 줄이는 일이었다. 그는 돈을 아끼고 또 아꼈다. 우메유의 휴게실에서 먹고 자며 한 달에 5만 엔으로 생활해나갔다. 먹고 싶은 것도 못 먹고, 읽고 싶은 책이나 사고 싶은 옷도 사지 못했다. 우메유 운영 첫 10개월간, 수도승처럼 수행하는 마음으로 생활했다. 가끔 '내가 왜 사서 고생일까' 하며 도망치고 싶었지만, 그럴 때는 열다섯 명 남짓의 젊은 자원 봉사자들이 접수 업무와 목욕탕 청소를 무상으로 도와줘서 위기를 넘길 수 있었다. 그들은 모두 일본의 전통인 센토 문화를 오래 이어가고 싶어하는, 미나토 씨와 같은 '센토 덕후'들이었다. 젊은 사람들이 손을 놓고 아무 행동도 하지 않으면 일본의 센토 문화는 그대로 점차 사라질 터였다.

◦

교토에서 가장 오래된 공중목욕탕,
사우나노 우메유.

소신을 가진 한 젊은이가 교토의 오래된 센토를 인수하며 센토 문화의 부활과 활성화에 힘쓰고 있다는 소식은 교토뿐 아니라 차차 전국으로 퍼졌다. 그는 일본의 젊은 층이 센토의 정겹고 훈훈한 문화를 알게 되도록 적극적으로 매체 인터뷰에 응했고 트위터 등의 SNS 채널을 통해 타 지역의 센토 주인들과 연대하며 서로 도왔다. 또한 그는 기존의 센토에서는 입장을 거부당하던 동성애자들이나 문신한 사람들도 기꺼이 환영했다. 차후에는 혼자 힘으로 목욕하기 힘든 장애인들이나 홈리스들을 위한 목욕 서비스를 마련하는 등, 복지와 센토 문화를 접목하고 싶다는 포부를 밝혔다. 다행히 미나토 산지로 씨가 우메유를 인수한 후에 한 달 손님이 약 1,500명에서 3,000명으로 두 배가량 늘었다. 자신이 좋아하는 일에 실패할 용기를 가지고 도전하기, 그것이 노력한 만큼의 결과를 이루어냈을 때의 기쁨은 무엇에도 비할 수 없을 것이다.

세상은 '생각만 하는 사람'과 '생각이 떠오르면 실제로 실천하는 사람'으로 나뉜다. 많은 사람들이 무언가를 해보고 싶다는 생각은 하지만 그것을 밖으로 드러내서 언급하고 주변 사람들의 참견과 만류와 의심을 모두 감당하면서도 실천까지 가기란 쉬운 일이 아니다. 결국 '해보고 싶다'는 강한 의지가 실천을 일으키는 동력이었다. 성공을 목표로 하는 것이 아니라, 처음에 느꼈던 '해보고 싶다'는 감정을 소중히 보살피면서 그것이 이끄는 대로 따라가본다. 그 감정이 강하고 순수할수록 '할 수 없을지도 모른다'는 불안함을 넘어서서 계획한 바를 구현해나간다. 그 거침없는 기세가 이윽고 주변 사람들의 관심과 응원을 불러 모은다. 내게 주어진 상황에서 최선을 다해보는 것, 단지 그뿐이다.

공중 목욕탕은 겨울이라는 계절과 참 잘 어울린다. 추운 겨울 저녁, 기다란 머플러로 목을 칭칭 감고 하얀 입김을 호호 불면서 종종걸음으로 찾아가는 동네 목욕탕의 맛. 두껍게 껴입고 온 옷가지를 탈의실에서 하나하나 허물 벗듯 벗을 때의 엄청난 수고, 겹겹이 보관함에 쑤셔 넣어야 하는 번잡함, 탈의실에서 목욕탕 문을 열고 들어갈 때 시야를 에워싸는 뜨거운 수증기, 목욕을 마치고 나와 다시 한 겹씩 옷가지를 꺼내 입을 때의 끈적거림. 그럼에도 불구, 몸을 정갈하게 하는 일련의 의식을 마치고 건물 바깥으로 나왔을 때 발그스름해진 두 뺨에 닿는, 박하사탕처럼 개운하고 시원한 밤공기. 바깥은 차디차도 몸만큼은 충분히 후끈

하게 데워져 있어 든든하다.

우메유를 찾아간 날은 찬바람이 많이 불던, 어느 겨울 밤이었다. 전통 일본식의 아담한 독채 건물인 우메유 옆으로는 다카세가와라는 작은 강이 흘러 주변 운치를 더했다. 딸아이와 나는 대로에서 깊숙이 들어가 있는 그곳을 겨우 찾아내서 기뻐하며 건물의 낡은 미닫이식 나무 문을 열었다. 때마침 동네 주민인 듯 편안한 실내복 차림의 앳돼 보이는 남녀 커플도 자전거를 그 앞에 멈춰 세우며 앞바구니에 넣어 온 목욕 가방을 하나씩 품에 안고 내렸다. 집에서 저녁을 먹고 나서 함께 목욕을 하러 온 모양이다. 같이 대중 목욕탕에 다닐 수 있는 사이란 얼마나 친밀한 사이일까.

옷을 벗고 여탕 안으로 입장해서 때마침 비어 있던 구석의 두 자리를 잡았다. 먼저 와서 씻고 있던 다른 손님들은 우리 모녀가 외지 사람임을 딱 보고 눈치챈 모양이다. 바로 옆의 등이 굽은 할머니가 수압과 물 온도 조절 법을 친절히 알려주신다. 할머니들의 오른편에서는 염색한 금발에 피부를 까무잡잡하게 태운 여자와 새하얀 등에 화려한 문신을 새긴 여자가 사람들의 시선을 전혀 의식하지 않은 채 비누 거품을 만들어 구석구석 몸을 닦았

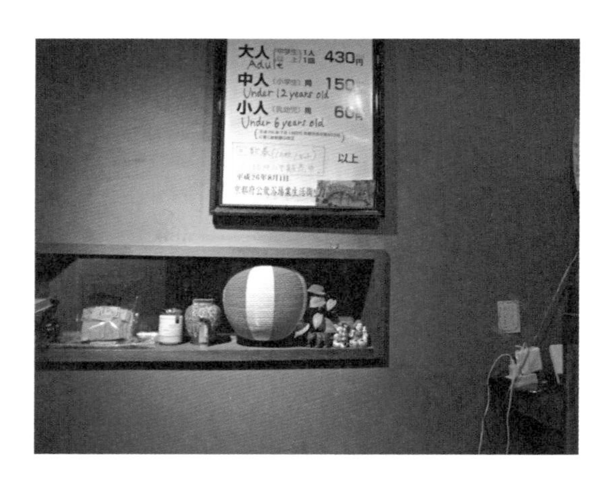

사우나노 우메유의 대문을 열면 아기자기한 카운터가 보인다.
추억의 불량식품 간식을 사 먹는 재미는 덤.

다. 분주했던 하루의 마무리를 이렇게 동네 이웃들과 목욕탕에서 함께 하는 것도 나쁘지 않겠다 싶었다. 그날의 피로와 고민거리를 모두 훌훌 털어내고 새로운 몸과 마음으로 각자의 새날을 맞이하기 위해서 말이다. 딸아이와 나는 그런 틈바구니에 끼어서 아주 오래전부터 그 동네에서 살아온 것 같은 기분 좋은 착각에 빠질 수 있었다.

14。

한 번쯤은
다와라야 료칸에서

나의 여행에서 가장 중요한 요소는 숙소다. 여행지의 숙소는 단순히 낮에 구경을 다니다가 밤에 몸을 쉬게 하기 위한 장소가 아니다. 내게는 숙소 그 자체가 여행의 목적지가 되는 경우가 많다. 고급스러움이 기준이 아니라 숙소 고유의 개성과 매력을 고려하게 된다.

내가 묵어보고 싶은 숙소 위시 리스트 상단에는 역사가 300년이 넘은 교토의 '다와라야 료칸'이 있다. 이곳은 일본 전체를 아울러 가히 최고의 료칸이라 할 수 있다. 가구와 실내 장식, 요리, 접객, 청소, 소품, 정원 손질 등 료칸 운영에 수반되는 모든 것들이 료칸 주인(현재는 11대째 여주인이다)의 철저한 미의식과 유명 장인들에 의해 만들어진 별천지의 세계. 교토에 있는 수많은 료칸 종사자들의 꿈이 '언젠가는 다와라야 료칸에서 일해보는 것'일 만큼 그 독보적 존재감은 대단하다. 교토에 가면 다와라야 료칸에 묵는 것은 하나의 명징한 로망이다. 앨프리드 히치콕, 스티븐 스필버그, 스티브 잡스 등이 과거 교토에 왔을 때 다와라야 료칸에 즐겨 묵었다고 알려져 있다.

교토 시내 한가운데 거리에 위치한 다와라야 료칸의 객실은 고작 열여덟 개이다. 하지만 객실 하나하나에 일본 고유의 문화가 고도로 농축되어 있다. 자연과 빛, 예술, 온화함과 정숙함이 어우러져 있고 객실에서는 유리 창문을 통해 청초한 일본 정원의 풍경을 감상할 수 있다. 다와라야 료칸에 투숙해본 경험에 대해 에세이스트 사카이 준코는 에세이 『도쿄와 교토』에서 다음과 같이 표현했다.

> 다와라야 료칸 안으로 한 발짝 들어서는 순간 매우 독특하고 밀도 높은 공기에 휩싸인다. 외부 세계와는 다른 규칙으로 움직이는 장소. 어딘지 다른 세계에 온 것만 같은 붕 뜬 느낌. 오늘도 내일도 이곳에서 단 한 발짝도 나가고 싶지가 않다. 마치 작은 우주에 혼자 떠 있는 고독감을 느끼게 되는데 이때의 고독은 차라리 해방감에 가깝다.

분명 나머지 열일곱 개의 객실도 손님들로 꽉 차 있을 텐데 그들의 모습은커녕 작은 소음 하나 들리지 않는다. 일을 하러 들락

날락하는 종업원의 인기척조차 느낄 수가 없다. 이 고요함은 실은 다와라야 료칸 측의 엄청난 노력이 바탕이 되어 있다. 객실 배치나 복도의 동선, 가구 배치나 조명 상태 등, 양질의 고독감은 가장 섬세하면서도 자연스러운 상태로 세심하게 계산되어 연출된다. 다와라야 료칸의 경륜 있는 종업원들에 의해 치밀하게 만들어지고 유지되는 이 고급스러운 감각은, 혼자 있을 때의 고독보다 어쩌면 더 고독다울지도 모르겠다.

그러나 그 고독감에서 빠져나오고 싶다면, 그것은 손님의 마음가짐 하나에 따라 이루어진다. 다와라야의 손님은 료칸의 모든 종업원들에게 그 '마음'을 '읽히게' 되어 있다. 잠깐 산책이라도 다녀올까 싶으면 이미 현관에 구두가 가지런히 준비되어 있고, 목이 좀 마르구나 싶으면 어느새 단정한 기모노 차림의 종업원이 따뜻한 녹차를 쟁반에 받쳐 와 방문을 노크하고 있다. 단 열여덟 개 객실의 손님들을 향한 예민한 촉. 손님이 그 순간 속으로 원하는 것을 읽어내고 그것을 신속히 제공하는 일에 유능하니 과연 '명문 료칸'답다.

작가 무라카미 하루키의 상담집 『그래, 무라카미 씨에게 물어보자』에는 다음과 같은 에피소드가 등장한다. 한번은 무라카미 하루키 씨가 교토역에서 택시를 잡아타고 행선지로 다와라야 료칸을 일러주니 택시 기사가 백미러로 힐끗 쳐다보고는 이렇게 덕담하더란다.

"아이고, 나이도 어린 양반이 좋은 곳에서 주무시는군요. 앞으로 돈 많이 버셔서 나중에는 자기 돈 주고 묵을 수 있게 되기를 빕니다. 일 열심히 하세요~"

캐주얼한 옷차림에 동안이라 택시 기사는 그가 회사 돈으로 숙박할 거라 지레짐작했던 것이다. 그만큼 젊은 사람이 가벼운 마음으로 묵기에는 진입 장벽이 높은 고급 료칸이라는 이미지가 있다.

겉보기에는 전혀 화려할 것 없는, 아니 외관만으로는 소박해 보이기까지 하는 다와라야 료칸 건물 앞을 지나가면서, 나는 언제쯤 저 너머의 비현실적인 세상을 경험해볼 수 있을지 아득했다. 하긴 내 마음 먹기에 달렸을 뿐, 누구도 막는 사람은 없다. 다와라야 료칸은 전통을 중시하는 료칸답게 공식 홈페이지도 없고 주요 호텔 예약 사이트에는 등록조차 되어 있지 않았다. 다른 경로로 알아보니 역시 숙박 요금은 만만치가 않았다. 하지만 큰 마음 먹고 경험에 투자하는 셈 친다면 하룻밤쯤 지내볼 수 있지 않을까.

나는 음식을 먹을 때 제일 맛있는 부분을 먼저 먹기보다 아꼈다가 맨 나중에 먹는 유형의 사람이고 무엇엔가 돈을 쓸 때 내가 지불할 용의가 있는 최대치를 훌쩍 넘겨버리면 미련 없이 포기했다. 오늘 누리기 위해 내일을 희생하기보다 내일을 위해 오늘 인내하는 사람이었다. 하지만 어느덧 40대에 이르니, 때로는 '합리적인 소비' 같은 것을 깐깐하게 따지지 않고 그저 순수히 마음이 끌리는 것을 경험하고 싶어하는 스스로를 발견하게 된다. 이제는 누가 뭐래도 완연한 어른이고, 손수 벌어낸 돈이 있다면 다와라야 료칸에서 한 번쯤 자보는 사치를 누려도 되지 않을까. 돈은 노력하면 다시 벌 수 있지만 한 치 앞을 알 수 없는 인생에서 언제 또 교토를 다시 찾을 것이며 게다가 다와라야 료칸에 묵어볼 수 있을지. 투자 비용과 마음의 의지, 그리고 시간 여유만 마련된다면 더 늦기 전에 유일무이한 인생 경험을 해보는 것, 어쩌면 그런 충동적인 일탈들이야말로 우리의 지루하고 반복적인 인생을 버티게 해주는 비일상의 희열 아닐까.

◦

의외로 소박한 다와라야 료칸의 외관.
나도 다와라야의 종업원들에게 마음을 읽히고 싶었다.

俵屋
たわらや
消火用

15。

우리가 몰랐던
화류가의 인생

교토의 상징 중 하나는 새하얀 분과 새빨간 립스틱을 칠한 얼굴에 단아한 기모노를 입고 딸각거리는 게타(나막신)로 총총걸음을 걷는 신비로운 분위기의 '게이코'들이다. 외부인들은 도쿄식 표기인 '게이샤芸者'로 더 익숙하다. 그녀들은 연회 자리에서 손님들의 고혹적인 대화 상대가 되어주고 샤미센이라는 일본 전통 악기를 연주하거나 전통 무용으로 흥을 돋우는 화류가 여성들이다. 교토에는 기온 고부, 기온 히가시, 미야카와초, 폰토초, 가미시치켄 등 다섯 곳에 화류가가 존재한다. 교토의 어엿한 게이코가 되기 위해서는 다음의 길고 혹독한 수련 생활을 거쳐야 한다.

시코미(1년) → 마이코(5~6년) → 최종 시험 → 게이코

우선 견습생인 '시코미'로 입문한다. 대개 중학교를 졸업하고 들어온다. '오키야'라는 게이코 양성 기숙사(우리나라로 치면 연예

기획사에서 마련한 걸 그룹의 숙소에 빗댈 수 있겠다)에서 1년을 보낸다. 시코미로서 보내는 수련의 첫 해가 가장 힘든데 이때 오키야의 잔심부름을 도맡아 하면서 교토식 인사법, 호칭, 예의범절, 교토 요리, 교토 풍습 등을 배운다. 이 기간에는 고향의 가족을 만나러 가기도 힘들다. 오키야의 방에서는 옛날식으로 맨바닥 다다미 위에서 요와 이불을 깔고 자야 하고, 과자 등의 정크푸드도 먹지 못하며, TV나 인터넷은 꿈도 꾸지 못한다. 그런 금욕적이고 혹독한 규율 속에 시코미 중 보통 3분의 1 정도만이 1년을 버텨내서 그다음 '마이코'의 위치로 올라갈 수가 있다.

마이코가 되는 나이는 약 열다섯 살에서 스무 살이고 수련 기간은 5~6년에 이른다. 분홍색이나 빨강색 계열의 화사한 기모노를 입고 흐드러지는 꽃 모양 장식을 머리에 꽂은 이들이 바로 마이코들이다. 수련한 지 1년이 채 안 되는 '신입' 마이코들은 붉은 립스틱을 아랫입술에만 칠하고, 이듬해 비로소 윗입술까지 완전하게 칠할 수 있게 되면 그것은 가장 힘들다는 수련 첫 해를 무사히 통과했다는 자신감의 징표다. 그래서 아랫입술만 붉은 마이코들을 보면 그 처지를 아는 교토 시민들은 곧잘 '힘 내세요' 같은 응원을 건넨다. 한편 얼굴에 흰 분을 바르는 관습은,

전기가 보급되지 않았던 시절에 촛불 아래서도 그녀들의 미모를 잘 보이게 하기 위해 생겨난 것이라고 한다.

겉모습의 눈부신 화려함과는 달리 평소의 그녀들은 오키야에서 '오카상'(어머니)이라 불리는 여성 사감의 지시에 따라 선배 마이코들과 함께 생활한다. 마이코는 예절, 태도, 화술, 서도, 다도, 꽃꽂이, 화장법, 전통 무용, 전통 악기 연주 등 궁극적으로 최고의 게이코가 되기 위한 수련을 거치는 동시에 독립해서 나가 사는 '프리랜서' 격인 게이코 선배들을 현장에서 돕는다. 말하자면 일을 도우면서 동시에 일을 배워나가는 OJT On-the-Job Training 같은 것이다. 연회 자리에서 마이코는 주로 손님들 앞에서 전통 무용을 선보이고, 게이코는 노래를 부르거나 샤미센을 켠다.

마이코는 일이나 수련이 없는 시간에는 쇼핑이나 외식 등 사적인 여가를 보낼 수 있지만, 패스트푸드점이나 편의점 등 마이코의 이미지를 해치는 가게에 출입하는 것은 엄격하게 금지되어 있다. 거리에서 교토 시민이나 관광객들이 사진 촬영을 요청할 경우 단 한 번만 응하도록 허락되어 있다. 더불어 다른 사람들 앞에서 결코 추하거나 한심한 모습을 보여서는 안 되는데, 타 지역으로 출장을 가기 위해 신칸센 기차나 비행기로 이동할 때

도 졸거나 잠이 들어서는 곤란하다. 오키야에서도 마이코 개인의 독방은 없이 다른 마이코 수련생들과 한 방에서 지내야 한다. 잘 때 머리칼이 흐트러지지 않게 반드시 딱딱한 나무 베개를 베고 일렬로 누워 자는 그녀들을 상상하노라면 금욕적인 수녀원이 연상된다. 마이코가 5, 6년간의 수련 기간을 마치고 어엿한 게이코로 데뷔하기 위해서는 '오차야'(게이코와 마이코의 일터인 연회 장소)의 여주인들, 게이코 선배들, 일본전통문화협회 조합원들을 앞에 두고 전통 무용과 샤미센 연주를 심사받아야 한다. 이 최종 심사를 통과하지 못하면 시간을 들여 수련을 더 해서 재심사를 받게 된다.

게이코로 데뷔하는 나이는 평균 20대 초중반. 이때부터는 부모님에게서 받은 본명은 지워지고 세상에는 게이코로서의 예명만이 남게 된다. 그전까지의 과거가 지워지고, 개인 신상 정보는 철저히 비밀에 부쳐진다. 마이코가 어린 여성 특유의 화사함이나 아리따움으로 승부했다면 게이코의 위치에 오르는 순간부터 성숙하고 우아한 '어른 여자'의 태도를 요구받는다. 게이코의 기모노는 심플한 디자인에 무채색 계열로 차분해지고 머리 장식도 은은하고 단순한 것을 쓴다(그렇다고 해도 20킬로그램에 육박하는 기모노에 2킬로그램 무게의 가발이라는 점은 여전하다). 또한 게이코는 화류계의 최고참으로서 오차야에서 벌어지는 연회들을 책임질 의무가 생긴다. 최상의 접대로 모시는 손님들을 만족시키는 동시에 현장에 동반한 마이코들을 잘 가르치고 다스려야 한다.

마이코들의 사랑스러운 화법과는 달리 게이코는 지혜롭고 재치 있는 화술을 피력하며 연회석의 분위기를 단시간 내에 파악한다. 사적으로 친한 사람들끼리 편하게 즐기려는 자리인지, 기업인들의 접대 자리인지, 요직에 있는 의사 결정권자들의 비밀스러운 회동 자리인지에 따라 대응 방식이 달라지는 것이다. 사적으로 편하게 즐기는 자리면 손님들과 두루두루 말을 섞고, 접대 자리면 접대받는 분들을 더 챙기고, 중요한 비즈니스 미팅 자리면 가급적 말을 아끼고 조용히 곁을 지키도록 한다.

술자리, 접대, 여자. 이런 단어들이 나열되면 연상되는 부정적인 이미지가 있지만 게이코와 마이코에게 접대는 어디까지나 진지한, 가치 있는 업무이다. 손님의 마음을 꿰뚫어보고 솜씨 있게 대하는 일은 결코 녹록지 않다. 매혹적인 자태와 품성을 가지고 춤과 노래의 재능을 선보이기 위해서는 장기간에 걸친 절제와 규율, 철저한 자기 통제를 거쳐야만 했고, 그런 노력이 있었기에 비로소 접대는 예술의 경지로 올라갈 수가 있었다.

한편, 오차야를 찾은 남자 손님이 연회석에서 알게 된 게이코나 마이코에게 이성으로 호감을 느껴 나중에 따로 개인적으로 만나길 원한다면, 그 여성이 거주하는 오키야로 연락해서 그곳 사감인 오카상의 허락을 먼저 받아야 한다. 또한 게이코나 마이코는 남자 손님의 첫 데이트 초대에 절대로 혼자 나가서는 안 되며, 반드시 또 한 명의 게이코를 동반해 나가는 것이 화류가의 불문율이라고. 그렇게 그녀들은 오늘도 전 세계에서 유례 없는 신비롭고 고고한 여성성의 전통을, 천 년 고도 교토를 배경으로 오롯이 지켜나간다.

16。

처음 오신 분은
정중히
거절합니다

이치겐산 오코토와리.

게이코와 마이코가 손님을 접대하는 오차야에서는 이러한 원칙이 있다. 이른바 이미 친분이 있는 손님과 그 손님이 신용을 보장하는 새 손님만을 정성껏 맞이하고 '처음 오신 분은 정중히 거절합니다'라는 뜻이다. 이것만큼은 누가 뭐라 해도 굳건히 지키는 교토 화류가의 엄격한 원칙이다. 권력을 가진 정치인이라도, 돈이 많은 대기업 사장님이라도, 누구나 얼굴을 알아보는 유명한 연예인이라도, 소개 없이는 단호하게 출입 금지다.

교토의 이러한 텃새 문화는 까탈스럽거나 도도하다고 보기보다는 가게를 '최상의 상태'로 보존하기 위한 장치로 이해해야 한다. 오차야 입장에서는 한 번 오고 말 손님과의 기계적인 일회성 만남은 맺고 싶지 않고 가능한 한 오랜 세월에 걸쳐 관계를 쌓아가길 바란다. 처음 오려는 손님이 어떤 사회적인 영향력을 갖고 있다고 한들 오차야에는 아무런 의미가 없다. 교토의 오차야에서는 무엇보다도 예전부터, 오래도록 찾아주신 손님에게 최우선으로 마음과 정성을 쓴다. 그래서 오랜 인연을 맺어온 손님을 배웅할 때는 '다녀오십시오'라며 보내드리고 손님이 아주 오랜만에 오차야를 다시 찾아도 마치 오늘 아침 배웅한 것처럼 '이제 오셨어요'라며 친근하게 맞이한다. 오래된 단골 손님이라면 세월을 거치면서 그 손님에 대해 더 잘 알아갈 수 있으니 그만큼 제대로 된 접대를 할 수 있어서 더욱 바람직하다. 오차야의 역사와 전통이 지금까지 살아남을 수 있었던 것은 이렇게 주변에 휘둘리지 않고 소신껏 운영해온 덕분일지도 모르겠다.

하지만 제아무리 오랜 기간 친밀한 사이였다고 해도 넘어서는 안 될 선이 있다. 오차야에서는 손님의 프라이버시를 지키는 일이 생명만큼 소중하다. 마이코와 게이코는 연회 자리에서 들은 손님들의 대화 내용은 물론이고 누가 손님으로 왔는지조차, 함께 생활하는 동료들을 포함해서 그 누구에게도 발설하지 않아야 한다. 마이코가 게이코 선배들에게 가장 먼저 배우는 덕목이 바로 '입이 무거울 것'. 이는 오차야의 신용과 직결된 문제이기 때문에 평생 지켜야 할 약속이다. 또한 손님들이 소문에 대해 얘기하거나 이른바 뒷담화를 하고 있을 때도 분위기에 휩쓸려서 같이 맞장구를 치지 않도록 훈련을 받는다. 서로가 오래 알고 지낸

화류가 중 하나,
폰토초 거리의 밤.

친숙한 사이라 하더라도 절대 질척대지 않고 자신의 품위와 중심을 지킨다. 그것은 손님들에게도, 접대하는 게이코나 마이코들에게도 공히 적용되는 화류가 놀이의 자부심이다.

비단 게이코와 마이코가 일하는 오차야가 아니더라도 신용을 중시하는 교토 사람들의 일상에서는 단골 손님과 단골 가게가 편애를 받는다. 교토 사람들은 대형 백화점이나 쇼핑 센터에서 한꺼번에 물건을 장만하기보다 대대로 거래해온 개별 가게를 이용한다. 기모노라면 이 상점, 문구라면 저 상점, 화과자는 이 집, 두부는 저 집, 절임 채소는 이곳, 간장은 저곳 등 아이템별로 단골 가게가 정해져 있다. 특히나 식재료의 경우 가족의 입맛에 맞추기 위해서라도 거래를 오래 해온 가게에서 사는 습관이 있고 한번 단골이 되면 제품의 품질이 좋지 않은 방향으로 달라지지 않는 한 그 가게를 결코 배신하지 않는다.

손님이 잊지 않고 단골 가게를 꾸준히 찾는 만큼 가게도 단골 손님을 특별히 배려한다. 한정 수량으로 제품을 만드는 가게들은 경우에 따라 낯이 익지 않은 손님들에게는 일부러 물건을 내놓지 않기도 한다.

"아이고, 그건 방금 다 팔렸어요. 죄송합니다. 글쎄요… 언제 또 물건이 들어올지는 미지수네요."

이렇게 물건을 얼마간 남겨놓은 채 팔지 않는 것은 정말 필요로 하는 단골 손님들의 만약을 위해서다. 단골이 되면 안정적으로 그 물건을 살 수 있는 권리가 주어지는 셈이다. 그런 의미에서는 손님들이 가게를 선택하는 게 아니라 가게가 손님을 고르는 거라고 볼 수도 있겠다. 우리 가게의 물건과 '어울리지 않는다'고 판단되는 손님, 우리 물건의 가치를 이해해주지 못할 것 같은 손님, 신원을 알 수 없는 손님에게는 자신들의 물건을 팔고 싶어하지 않는다. 어쨌든 값만 지불하면 살 수 있는 해외 명품 브랜드와는 차원이 다른 자부심이다. 세상에는 돈으로도 살 수 없는 가치와 돈에 지지 않는 삶의 방식이 존재함을 알려주는 결기 있는 태도라고 생각한다.

17。

교토식
소통법

여느 교토 가정집의 풍경.

손님이 놀러 왔는데 어느덧 식사 때가 되어간다. 손님은 허기를 슬쩍 느끼지만 주인집 부부는 식사를 대접할 기미를 보이지 않는다. 손님은 눈치껏 슬슬 돌아갈 채비를 하며 현관으로 향한다. 이때 비로소 안주인이 한마디 건넨다.

"어머, 벌써 가시려고요? 오차쓰케라도 한 그릇 드시고 가시지 그러세요."

그렇다면 이때 어떻게 반응하는 것이 교토의 올바른 예절일까?

1. 한사코 제안을 마다한다.
2. 못 이기는 척 오차쓰케를 얻어 먹고 간다.

정답은 '1. 한사코 제안을 마다한다'이다. "아 그럼 염치없지만 먹고 가겠습니다"라며 다시 거실로 올라간다면 주인 부부는 아연실색할 것이다. 안주인이 그렇게 제안했던 것은 손님이 그대로 돌아갈 거라고 생각했기 때문이다. 교토에서 '간단히 오차쓰케라도 먹고 가실래요?'라는 말은 '슬슬 돌아가주셨으면 좋겠네요'라는 신호다. 하지만 손님이 거절해도 어쩌면 주인은 또 한 번 이렇게 말할 수도 있다.

"아유, 그런 섭섭한 말씀 마시고 어서 드시고 가세요."

하지만 이 말도 쉽게 믿어서는 안 된다. 식사 시간이 가까워지면 "다음에 또 놀러 오겠습니다"라고 단호하게 거절하고 얼른 남의 집에서 퇴청해주는 것이 양식 있는 교토인의 자세다.

만약 어떤 이가 눈치 없이 안주인이 차려주는 오차쓰케를 먹고 가겠다고 한다면 예상치 못한 반응에 안주인은 당황하며 하는 수 없이 오차쓰케를 준비하긴 하는데, 이때 일부러 오차쓰케에 들어가는 밥의 양을 터무니없이 적게 퍼서 핀잔의 의미를 담는다고 한다. 이런 모습을 보면 교토 사람들이 너무 야박하거나 정이 없어 보일지도 모르겠다. 특히 인근 오사카 사람들은 '식사 때가 되어도 밥을 주지 않고 돌려보내는' 교토의 이런 문화를 납득하지 못한다. 하지만 여기에는 교토만의 확고한 이유가 있다. 교토 시민들은 집을 방문한 손님에게 식사 대접하는 의무를 상호간에 면제하는데 이는 교토가 역사적으로 수많은 내전의 장이었기 때문이다. 끝없는 전쟁의 시간들을 버텨내기 위해 주민들은 철저한 사전 계획으로 식생활을 조율해나갔고, 이 계획이 손님 방문으로 인해 한번 구멍이 나버리면 향후 가족들이 굶는 상황이 될 수도 있었다. 손님에게 식사를 제공하지 않는 관습은 비단 자기 집 식량을 지키는 것만이 아닌 이웃의 식량을 지켜주는 개념이기도 한 것이다.

교토의 소통법을 한마디로 요약한다면 '직설 금지'가 아닐까. 같은 관서 지방 도시라도 오사카 사람이 말을 직설적으로 하고 대놓고 들이대는 스타일이라면 교토 사람은 말을 모호하게 하고 알아듣기 어렵게 우회적으로 표현한다. 이것 역시 교토라는 장소가 과거 몇 번이고 전투의 현장이었던 점과 무관하지 않다. 적과 아군이 구별조차 잘 되지 않는 시대를 하도 많이 겪다 보니 적일지 아군일지 모르는 상대에게는 자신을 지키기 위해 하는 수 없이 모호한 표현을 쓰게 된 것이다.

현대에 이르러서는 교토 주민 수의 38배가 넘는 국내외 관광객이 매년 교토를 방문하는 가운데, 또 다른 의미의 '외지인'들로부터 자신들의 고유 영역을 지키기 위해 일부러 속을 드러내지 않는 간접 화법을 채택하게 되었다는 설이 있다. 그 결과 '교토식 언어'는 신비하다는 찬사와 기회주의적이라는 비판을 동시에 받는 두 얼굴의 화법이 되었다. 그렇다면, 교토식 언어를 한번 배워보자.

1. 요리사이자 식당 주인이 카운터석에 앉아 있는 손님에게 "멋진 시계를 차셨네요"라고 칭찬한다.
   번역: "저희 집 그릇에 흠집이 날지 모르니 식사할 때는 시계를 좀 빼주시면 좋겠네요."

2. 식당 안 손님의 휴대전화 소리가 울려서 주인이 "많이 바쁘신가 보네요"라고 걱정하는 목소리로 말한다.
   번역: "다른 손님들에게 방해가 될 수 있으니 휴대전화 전원은 꺼주세요."

3. 메뉴를 보면서 "특별히 추천해주실 만한 게 있나요?"라고 손님이 물으면 식당 주인이 겸손한 말투로 이렇게 대답한다.

"글쎄요, 저희 집 음식이 손님 입에 과연 맞을까 모르겠네요."

번역: "촌스럽게 굴지 말아라. 다 맛있다."

상대가 무안하지 않게 신경 쓰면서 자신의 속마음을 어떻게든 전달하려는 것, 이것이 교토식 소통 방식이다. 또 무엇이 있을까. 교토 사람에게 뭔가를 제안했을 때 "고맙습니다. 그것 참 좋군요"라는 답을 듣게 된다면 그것은 50퍼센트 이상의 확률로 퇴짜맞은 거라고 보면 된다. 만약 "생각 좀 해볼게요"라고 하면 그것은 100퍼센트 거절을 뜻하니 그것을 오해하고 '그럼 희망이 있다는 거잖아'라고 기대해서는 안 된다. 대놓고 싫다고 거절하면 상대에게 상처를 입힌다고 생각하니까 완곡하게 거절하는 것이다. 반대로 교토 사람은 뭔가를 부탁할 때도 '…해주세요'라고 직설적으로 요구하지 않는다. 대신 '…해주시진 않으시겠지요…' 식으로 자신을 낮추고 몇 번을 꼬아서 말꼬리를 흘리듯이 말한다. 상대의 의견에 동의하지 않을 때는 "그래요, 세상에는 다양한 사고방식이 있지요"라고 마치 이해한다는 듯이 부드럽고 유들유들하게 추임새를 넣는다. 나도 상처 받고 싶지 않지만 상대의 마음도 상처 입히고 싶지 않다, 서로 감정을 적나라하게 드러내지 않아도 눈치껏 상대방의 입장을 파악해주면 좋겠다. 이런 교토 사람들의 바람을 이해해주면 어떨까?

18。

진정한
호사

직장인 초년생이던 20대 때, 짝퉁 명품 브랜드 가방을 들고 다니던 시절이 있었다. 진품을 사기에는 주머니 사정상 버거웠고, 그렇다고 조악한 B급 짝퉁 제품은 자존심상 사기 싫으니 알음알음으로 이태원 가방 가게의 숨겨진 뒷방에서 제법 진짜처럼 보이는 A급 짝퉁 제품을 고이 모셔 오며 의기양양했었다. 대놓고 '나 루이 비통이야' '나 구찌야' 하는 식으로 로고가 다닥다닥 박힌 디자인은 최대한 피하는 꼼수도 썼다.

하지만 모두의 눈을 속여도 나만은 알고 있었다. 들고 다니는 이 가방이 실은 가짜이고 나는 속임수를 쓰고 있음을. 세월은 흘러 어느새 나는 진짜 명품 브랜드 가방을 제대로 가져볼 새도 없이 캔버스 천으로 만든 에코백만을 들고 다니게 되었다. 혹은 가방 자체를 들고 다니기 귀찮아 호주머니에 비상금만 넣어가지고 빈손으로 다니는 여자가 되어버렸다. 상징적 의미로서의 '샤넬백'은 이제까지도, 앞으로도 가져볼 일은 없을 것 같다. 이런 모습이 가장 나다운 모습에 가깝다고 생각한다. 나는 명품 브랜드와는 그다지 어울리지 않는 사람이었던 것이다. 위세 당당한 명품 브랜드와 나의 개성(이라는 것이 만약 있다면)이 어쩐지 기 싸움을 할 것만 같았다. 명품 가방을 들고 다닌다고 해서 내가 더 나은 사람이 된 듯한 기분이 들 것 같지도 않았다. 이제는 더 이상 고급스럽거나 비싸 보이는 무언가로 나를 설명하거나 증명할 필요를 느끼지 않는다.

교토는 일본의 다른 주요 도시에 비하면 명품 브랜드 매장의 기세가 현저히 약하다. 번화가 대로에서도 번쩍번쩍하는 해외 명품 브랜드 점포는 좀처럼 보이지 않는다. 기온 하나미코지 길에 전통 가옥 마치야 형태로 팝업 스토어를 선보인 에르메스Hermès가 내 눈에 비친 전부였다. 물론 그곳은 중국 관광객들 때문에 생겨난 매장이다. 교토 사람들은 소비에 있어 검소하고 냉철하다. '내 형편에 맞지 않는 것은 사지 않는다'가 교토인의 자연스러운 감각이다. 그들은 허세를 경계한다. 자신의 경제적 상황에 걸맞지 않게 돈을 펑펑 쓰거나 고가의 물건을 몸에 걸치고 다니는 것을 탐탁지 않게 생각한다. 사람들이 많이 모이는 장소에 화려한 명품 브랜드 옷을 입고 가거나 고급 외제 차를 몰고

가는 일은 자제하는 분위기다. 모두가 루이 비통 가방을 들고 다니는데 나만 없어서 부끄러운 게 아니라 '루이 비통 브랜드와 어울리지 않는 사람이 그것을 가지고 다니는 부끄러움'에 더 예민하다.

한편, 교토 사람들은 '교토'라는 단어 자체에 자랑할 만한 브랜드 가치가 있음을 내심 알고 있다. 그렇기 때문에 역으로 '교토'라는 단어를 전면에 내세우는 가게를 신뢰하지 않는다. 이를테면 가게 간판이나 노렌에 교토를 상징하는 '京'이 새겨져 있다면 그것은 자기 본연의 실력 대신 '교토'라는 상징적인 브랜드에 의지하는 '가짜'로 간주한다. '교토 요리'라고 간판에 굳이 써 붙이는 식당도 그 행위 자체로 이미 '요리 솜씨에 자신 없음'을 드러낸다고 본다. 그런 속사정을 알 리 없는 외지인들은 '京'이라는 글자에 홀리듯이 이끌려 들어가겠지만. 아마도 그렇게 교토의 이름을 파는 식당에 들어간다면 종업원들은 분명 교토 사투리를 일부러 강조해서 쓰고 있을 테고 손님들은 '교토 요리'라고 제멋대로 이름 지은 정체 불명의 요리를 바가지 요금을 줘가면서 먹고 있을 것이다.

그렇다면 교토에서는 무엇이 '진짜'일까? 교토 사람들에 의

◦

기온 하나미코지 길.
양옆으로 마치야 건물이 즐비하게 서 있다.

하나미코지 길의 에르메스 팝업 스토어.
세계적인 브랜드도 교토에 오면 현지화가 된다.

하면 그것은 우선 딱 봐서 '교토의 가게'임을 뽐내거나 드러내지 않는 가게들이다. 그다음으로는 교토에 오래 살았던 사람들이 즐겨 찾는 가게다. 하지만 외지인으로서는 그것을 파악하기가 쉽지 않을 테니 진짜를 알아보는 또 다른 지표는 그 가게가 '계절감'을 소중히 하는지의 여부다. 예전부터 제대로 된 교토의 가게는 어디나 계절의 변화를 즐길 줄 알았고, 그래서 가게 정문이나 가게 안 구석에라도 그 계절을 상징하는 꽃 등을 장식해왔다. 계절의 변화 하나하나를 축복하는 마음이 자연스럽게 묻어 있는 가게가 진짜배기라고, 교토의 진수를 아는 사람들은 입을 모은다.

같은 이야기를 사람에게도 적용할 수 있을 것 같다. 자신의 학벌이나 유명한 회사의 명함, 얼마나 부자이고 많은 걸 가졌는지를 어떻게든 겉으로 드러내려는 사람들이 있는 반면, 누가 물어보지 않는 이상 그런 이야기는 함구하는 사람들이 있다. 실상 그들에게 그런 '레테르'는 피상적인 상징에 불과하다. 진짜로 실력이 있다면 품위가 생기고 품위가 있으면 성급하게 자신의 조건들을 드러내며 주장할 필요가 없다. 같은 맥락으로 교토 사람들에겐 직설 이상으로 '자기 자랑'은 금물이다. 대놓고 하는 자기 자랑만큼 창피하고 촌스러운 것은 없다고 생각한다. 아무리 명예로운 성취라도 자기 입으로는 먼저 밝히지 않는다. 남에게 칭찬을 받으면 겸손하게 부정하는 것이 당연한 예의이기도 하다.

교토 사람들에게는 돈보다도 가치관이나 살아가는 자세가 더 중요하다. 그리고 그들은 자극적이고 화려한 생활보다는 심플하고 온화한 삶의 방식을 지지한다. 교토에서는 수억 연봉도, 고급 외제 차도, 명품 브랜드도 그다지 매력적으로 보이지 않는다. 교토라는 환경 자체만으로도 충분히 근사하기에 나답게 살아가면 그것으로 족하다. 좋아하는 일을 원하는 대로 하면서 살아가기를 바라고, 인생에서 무엇을 원하는지, 무엇이 나에게 깊은 충만감을 줄 수 있는지, 반면 무엇이 필요 없고 의미 없는지를 자연스럽게 깨달아간다. 그것이 '진짜'의 인생이니까.

'이 삶의 방식이야말로 나한테 맞는 방식'임을 아는 것. 무리하거나 타산적이 되거나 폼 잡거나 하는 것을 멈추고 본연의 모습으로 존재하는 것. 진정한 호사란 내가 어떤 인생을 살 것인가, 그 삶의 방식을 정할 자유일 것이다.

19。

아름다움을
지켜나가는 일

이른 아침에 문을 여는 '신신도 교토대학 북문 앞 지점'은 교토대학 학생들과 교수들의 오랜 사랑을 받아온, 교토에서 가장 오래된 카페 중 하나다. 묵직한 문을 밀고 들어가니 천장이 높은 널따란 카페 안에는 손님 세 명이 각각 혼자 앉아 있었다. 바로 내 옆 테이블에는 노트북 컴퓨터로 작업하는 백발의 중년 남자가 있었다. 풍기는 분위기가 어쩐지 교토대학에서 가르치는 교수일 것 같았다. 저쪽 구석 끝 테이블에는 중년 여자가 모닝 세트를 맛있게 먹고 있었고, 정문에서 가장 가까운 테이블에는 남학생이 커피를 마시며 문고판 책을 읽고 있었다. 세 사람은 이따금 동작을 멈추고 천장 꼭대기나 창밖 풍경에 눈길을 주곤 했다.

종업원들을 포함, 대여섯 명이 같은 공간에 머물고 있었지만 비현실적인 정적이 실내에 감돌았다. 평소 다른 카페에서는 느낄 수 없었던 이 낯선 감각이 뭘까 곰곰이 생각해보니, 아, 이곳에선 음악을 틀지 않고 있었다. 음악의 도움을 받지 않아도 이 오래된 카페는 그 존재감만으로 손님들의 생각과 감각에 자극을

주고 있었다.

여태껏 셀 수도 없이 많은 카페를 다녀봤지만, 나는 신신도처럼 마음이 차분해지는 카페를 본 적이 없다. 교토대학 학생들과 교수들, 정보를 알고 찾아온 나 같은 여행자들, 한때 이곳에서 추억의 대학 시절을 보냈을 법한 어른들이 이 공간에 모여들며 두루 섞어 앉아 따로 또 같이 커피와 고요를 음미한다. 이토록 침착한 분위기는 이곳 주인과 종업원들의 사려 깊은 서비스 덕분이기도 하다. 그들은 늘 편안한 미소로 자신의 할 일을 하되, 손님들과 적당한 거리를 유지하여 부담을 주지 않으려고 했다. 손님이 달랑 커피 한 잔만 시켜놓고 오랜 시간 눌어붙어 있어도 싫은 내색 하나 하지 않았다. 그것이 카페의 사명이라고 여기기 때문이다.

이 카페에서 가장 인상적이었던 것은 실내를 가득 채운, 커다란 오크로 만든 탁자·벤치 의자 세트 열두 점이었다. 이 가구들은 개점 당시인 1930년에 스물여섯 살의 공예가 청년 구로다 다쓰아키 씨가 만든 작품이다. 구로다 씨는 신신도에서 주문받은 가구를 구상하면서 자신이 만들 10인용 탁자에 사람들이 옹기종기 모여 앉아 각자 가져온 책을 읽거나, 다정하게 대화를 나누거나, 치열하게 토론을 해주기를 바랐다. 교토 대학생들도 신신도의 오크 탁자에 특별한 애착을 가졌다. 일단 탁자가 크고 묵직해서 책이나 사전을 아무리 많이 올려놓아도 끄떡없었다. 지진이라도 나면 튼튼하고 듬직한 나무 탁자 밑에 들어가 있으면 안심이 되었다. 90년 가까운 세월을 살아온 빈티지 가구는 그만의 대체 불가능한 멋이 있다. 나무 색깔이나 나무가 휜 상태도 탁자마다 절묘하게 달랐다. 탁자를 낡게 만든 각양각색의 생활 흔적들은 역사의 산 증인이기도 하다. 신신도 교토대학 북문 앞 지점의 4대째 주인장인 가와구치 사토시 씨는 한 인터뷰에서 이렇게 말했다.

"탁자가 너무 새것처럼 깨끗하면 가게와 조화롭지 못합니다. 있는 그대로의 모습으로 남는 편이 좋지 않을까 싶어 탁자를 그간 한 번도 바꾸지 않고 계속 쓰고 있지요. 40, 50년 만에 찾아오시는 손님들도 적지 않아 그때마다 '이곳은 하나도 안 변했네요'라고 말씀해주시는 게 참 좋았어요. 대대로 세월의 흐름에 영향받지 않으려고 노력해왔으니, 변하지 않고 그대로다, 같은 말을 들으면 참 기쁘지요."

오랜 시간을 버텨낸 나무가 안겨주는 진한 향수(노스탤지어)

와 그리운 감촉은 귀하디귀했다.

'교토의 아침은 이노다의 커피 향기에서 시작한다'라는 말이 있을 정도로 교토 커피 문화를 상징하는 이노다 커피 본점도 1940년 개점한 이래 유럽 복고풍 인테리어를 유지하고 있다. 1999년에 본점 건물의 일부가 타버렸지만 1년 후 교토식 목조주택의 외관을 성공적으로 재건해서 예전의 사랑받던 모습을 되찾아 단골 손님들을 안심시켰다. 과거의 노스탤직한 분위기를 그대로 재현하기 위해 의자와 테이블은 예전부터 사용하던 것을 수리해서 다시 썼다. 결코 변하지 않을 아름다움을 지켜나가는 일은 중요하니까.

1932년에 창업한, 교토 사람들이 아끼는 또 다른 명성 높은 카페인 스마트 커피도 한번 구비한 가구나 물건을 그대로 오래 사용하기는 마찬가지다. 데라마치 상가 한복판에 위치한 스마트 커피의 유리문을 열고 들어서면 소파의 가죽 냄새와 커피 향이 뒤섞여 후각을 훅 자극한다. 이곳은 마치 스위스의 작고 아늑한 산장 거실 같은 분위기다. 이 카페도 여기저기 낡은 곳을 손볼 때 신자재는 일절 사용하지 않는다. 오래갈수록 아름다워지는 자재만 사용하는 것을 원칙으로 한다고.

원래 멋있었던 물건들은 다소 낡더라도 여전히 멋있다. 흡사 사람이 그런 것처럼. 오래된 것들에서만 뿜어져 나오는 깊은 매력을 우리는 더 많이 누릴 자격이 있다.

◦
신신도 교토대학 북문 앞 지점의 외관과 입구 옆 카운터.
오래된 금전수납기와 전화기는 실제로 지금도 잘 사용 중.

공예가 구로다 다쓰아키 씨가 만든 커다란 오크 탁자.
글이 잘 써질 것만 같다.

SOLUM
CAFE

20。

진화하는 공동체

도시의 사이즈가 너무 크지도 작지도 않은 교토에서는 어디 새 가게가 생기면 한 다리 건너 지인이 차린 경우가 많다. 주로 30~40대 주인이 독립적으로 운영하는 가게들이 많은데 중간에 누구 한두 명만 끼면 대부분 다 연결된다고. 그렇기 때문에 자연스레 신용과 평판을 중요하게 생각한다.

서로 알 뿐만 아니라 그들은 서로 돕는다. 기자들이 교토의 가게들을 취재할 때 놀라는 부분은 바로 이런 점이다. 어느 가게를 취재해도 대부분, 다른 취재 대상 가게들과 알고 지내는 사이다. 또한 가게들은 계산대나 입구의 탁자에 인근 가게들의 명함을 비치해서 서로 홍보해준다. 심지어는 라이벌 관계일 법한 동종 업계의 가게 명함도 있었다. 한 카페에 다른 카페의 명함이 놓여 있는가 하면 한 독립 서점에 다른 독립 서점의 소개 전단지가 비치되어 있다. 경쟁이 치열한 도쿄 같은 대도시에서는 이런 풍경을 상상조차 할 수 없다. 교토는 결코 크지 않은 도시임에도, 손님을 빼앗아 오려고 경쟁하기는커녕 서로 손님을 보내주려고 하는 것이다. 마치 우리 가게에 오는 손님이라면 분명히 그 가게도 마음에 들 것을 안다는 듯이.

취향이나 관점이 비슷하고 고민거리가 같을 동종 업계 사람들끼리, 혹은 한 마을에 있는 여러 업종의 종사자들끼리 느슨하게 연대하여 서로를 응원하고 지지하는 모습은 이상적인 공동체의 구현이다. 아수라장 같은 경쟁 대신 질서 속의 공존을 택하는 어떤 삶의 방식. 각자가 개성이 강한 '나만이 만들어낼 수 있는' 가게를 운영하기 때문에 가능할지도 모르겠다. 교토 사람들은 기본적으로 개인주의자 성향이 있지만 그렇다고 이기주의를 조장하지는 않는다. 아니, 개인주의 본연의 가치를 인정하기 때문에 오히려 그들이 이루는 공동체는 건강하고 유연할 수가 있다. 남의 가게의 좋은 점을 좋다고 인정하고 널리 그 정보를 공유하고자 하는 아량도 자기 가게에 대한 다부진 자부심이 전제되어야 가능하니까.

교토를 대표하는 유서 깊은 노포들인 '가이카도' '쓰지' '나카가와 목공예' '아사히 도자기' '호소오'의 젊은 후손들이 의기투합, 2016년 5월 교토 스미요시초 거리에 '가이카도 카페'를 차리기도 했다. 과거 트램 열차의 차고 겸 관리 사무실이었던 복고풍 서양식 건물에 가이카도 카페를 열면서 이곳에는 해당 제품 분야의 1인자 격인 교토 장인들의 명품이 한데 모였다. 가이카도는 구리(동판)로 만든 벽걸이와 스탠드 램프를 제공했고, 쓰지는 커피 드리퍼를, 나카가와 목공예는 드리퍼를 지탱하는 지지대나 치즈케이크를 올려놓을 접시를, 아사히 도자기는 컵과 컵받침을, 호소오는 고급스러운 흰색 천 커튼을 각각 가이카도 카페에 납품했다. 교토의 전통을 계승하는 방편으로서 더없이 모던한 카페를 함께 오픈하는 일은 진취적인 사고방식을 바탕으로 시작된 사업이었다. 그것이 가능했던 것은 여섯 노포가 선조 때부터 서로의 제품을 신뢰하며 친밀하게 교류해왔기 때문이다.

인연을 소중히 하고, 정말 좋다고 생각한 제품은 힘을 합쳐 유연하게 지켜나가는 일. 가이카도 카페는 전통을 지키는 동시에 미래의 모습을 모색하는 교토의 태도를 그대로 재현하고 있었다.

Kaikado Café
Kaikado Café
OPEN

21。

자전거와
청춘

교토대학 캠퍼스에서 가장 인상적이었던 광경은 넓디넓은 자전거 거치소였다. 그만큼 자전거를 타고 학교에 다니는 학생들이 많다는 의미였다. 캠퍼스 곳곳에 자전거를 세워두는 공간이 따로 마련되어 있는데 그곳마다 파란 유니폼을 입은 교내 경찰관들이 꼼꼼하게 학생들의 자전거를 지켜주고 있었다. 교토는 걸어 다니기에도 좋고 버스 타고 다니기에도 편리하지만, 도시 자체가 크지 않고 평지인 데다 동서남북 구획이 잘 나뉘어 있어서 자전거를 타고 이동하기에 아주 좋다. 지리에 조금만 익숙해지면 자전거를 타고 교토의 어디든 갈 수 있다. 자전거는 골목길도 슥슥 누빌 수 있고 교통 정체에도 영향을 받지 않는다.

자전거를 타고 다니면 변화하는 계절을 가장 먼저 예민하게 감지한다. 쌩쌩 달리다 보면 바람의 온도와 내음으로 그 변화를 느낀다. 거리의 나무들이 꽃을 피우거나 나뭇잎 색이 하루하루 달라져가는 모습을 목격한다. 가모강변을 따라 달리면 강물 푸른빛의 미묘한 차이가 다가오는 계절을 알려준다. 아, 봄에 벚꽃

이 필 때나 가을에 단풍이 우거질 때, 교토의 우거진 가로수 길을 자전거로 달릴 수 있다면 얼마나 기분이 좋을까! 다음에 교토에 가면 목적지 따위는 잊고 숙소에서 자전거 한 대를 빌려, 골목 구석구석까지 이 도시를 누비고 싶다.

자전거 하면 일본에서 고등학교를 다녔던 2년간이 생각난다. 오사카에 살던 그때 나는 감색 치마 교복을 입고 매일 아침 20분 정도 걸려 자전거를 타고 통학했다. 따뜻한 계절에는 맨살로, 추운 계절에는 비치지 않는 검정 스타킹을 신은 다리로 경쾌하게 페달을 밟았다. 아침의 쨍한 공기를 가르는 기분이 상쾌했다. 바람이 많이 부는 날에는 긴 생머리가 사방으로 정신없이 나부꼈고 비가 오면 한 손으로는 우산을, 한 손으로는 브레이크를 잡고 아슬아슬하게 중심을 잡으며 탔다. 비가 약하게 내리면 좋아서 아예 비를 맞으며 탔다. 학교에 거의 다 도착할 때쯤이면 전철을 타고 학교 인근 역에 내려서 걸어가는 반 친구들을 만나곤 했다. 그러면 페달을 멈추고 자전거를 한쪽으로 끌고 가면서 친구들과 밀린 이야기들을 도란도란 나눴다. 하고 싶은 얘기가 항상 넘치던 시절이었다.

자전거는 학창 시절 '사랑의 큐피드' 역할도 했다. 아직 겉으로 드러내서 고백은 하지 못했지만 상대 여학생도 자기를 좋아하고 있다는 것을 알게 된 남학생은 자전거 뒷자리에 그 여학생을 태웠다.

"꽉 잡아."

여학생은 자전거에서 떨어지지 않도록 두 팔로 남학생의 허리를 꼭 끌어안았다. 한쪽 뺨이 절로 남학생의 등에 닿았다. 커플룩처럼 보이는 교복 차림에, 자전거 앞바구니에는 똑같이 생긴 검정 책가방이 포개져 있다. 좋아하는 여학생을 뒤에 태웠으면 안전 운전을 해야 할 터인데 남자 고등학생들의 혈기와 치기는 아무도 못 말린다. 좋아하는 여학생 앞에서는 영락없이 짓궂게 구는 것이다. 평범하기 짝이 없는 자전거이건만 흡사 카레이서라도 된 양, 사정없이 페달을 밟아 최대한으로 속도를 냈다. 뒤에 탄 여학생이 롤러코스터를 탄 것처럼 꺄- 꺄- 소리를 지르면 그게 마치 자신의 운전 실력과 강한 정력, 노련한 운동 신경을 인정해주는 것처럼 들려 남학생은 더더욱 신나서 난폭 운전을 서슴지 않았다. 차도의 가장자리로만 가야 하는데 자동차들 사이로 막 비집고 들어가질 않나, 똑바로 가도 되는 길을 일부러

구불구불 S자 모양으로 달려서 괜히 뒤에 탄 사람의 심장을 조마조마하게 만들지를 않나. 때로는 일부러 왼손을 호주머니에 집어넣고 오른손만으로 운전하기도 했다.

"아이, 좀! 위험하잖아!"

아무리 천천히 가라고 부탁해봐도 남학생은 모른 척 일부러 더 빨리 달렸다. 뒷자리에 탄 여학생 입장에선 민폐도 이런 민폐가 없다. 지나가는 자동차와 부딪힐까 봐, 가다가 길바닥에 떨어질까 봐 겁나고, 엉덩이는 배겨서 아프고, 몸은 좌우로 요동치고…, 하는 수 없이 두 팔로 남학생의 허리를 있는 힘껏 껴안고 있어야만 했다. 여학생이 질색팔색할수록 남학생은 내심 뿌듯할 밖에.

행여 남녀 학생 쌍쌍이 두 대의 자전거를 타고 햄버거를 사 먹으러 옆 동네라도 간다면? 사전에 말도 하지 않았는데, 남학생들끼리는 누가 누가 빨리 가서 먼저 도착하나 경쟁이 붙는다. 그 무모하고 유치한 자존심 대결 때문에 서로 지지 않으려고 앞서거니 뒤서거니 죽음의 레이스를 벌이다 보니(남자애들은 정말 왜들 그런 걸까?) 뒷좌석에 탄 여학생들만 죽어났다. 막상 햄버거 가게 앞에 다 와서는, 남학생은 자전거를 멈춰 세우고 뒤돌아보며 여학생을 향해 천진난만한 미소를 지어 보인다.

"어때, 재밌었지?"

그 아이 같은 모습에 몸의 긴장이 풀려 화낼 여력조차 없었다. 하도 어이가 없으니 같이 마주보고 웃어줄밖에.

ビー玉
よりどり10
¥108.-

ビー玉
よりどり 10
¥108.-
ビー玉 ¥108
よりどり 10個
This is 108 yen for 10

22。

차분하고 강인한 존재

교토라는 도시에 성별을 붙여야 한다면 그것은 아마도 여자일 것이다. 교토의 거리나 지형이 보이는 섬세함과 복잡함 때문이기도 하지만 교토에서는 실제로 남자보다 여자가 더 돋보이는 존재다.

교토 거리를 돌아다니다 보면 일하는 여성들의 모습이 눈에 자주 띈다. 식당이나 상점, 료칸의 주인, 게이코나 마이코 등 활기찬 장소의 중심엔 늘 여자들이 두드러진다. 언뜻 봐서는 남자보다 약해 보이지만 유연해도 절대 부러지는 일이 없는 버드나무 가지처럼 심지 하나만은 여자가 굳세다. 교토의 여자들은 자기 의지로 씩씩하게 일하고 있다는 인상을 준다. 그녀들의 남편들은 감히 아내를 향해 '대체 누구 덕에 먹고사는데!'라며 가부장의 권위를 내세울 수가 없다.

교토 여자들에겐 온화한 강인함이 있다. 눈앞의 이익을 좇거나 일시적인 감정에 휘둘리기보다는 나중에 후회하지 않기 위해 지금 신중해지고 인내하는 것을 선택한다. 그만큼 교토 여자들은 내적으로도 성숙하지만 행동거지와 말투, 옷매무새 등 외적으로도 못지않게 신경을 쓴다.

젊고 예쁜 외모보다 더 가치 있는 것은 기품 있는 몸의 움직임일 것이다. 서 있는 자세나 걷는 모습, 인사할 때 손과 팔의 동작 등, 조심스럽게 몸을 움직이는 가운데 세련미가 풍겨 나온다. 몸동작이 아름다운 사람들은 화법조차도 우아하다. 평소에도 겸손하고 사려 깊은 언어를 구사한다. 남을 비난하거나 다그치지 않고 그와 반대로 과장되게 치켜세우지도 않는다.

기온 하나미코지 거리에서 한 치의 흐트러짐 없이 기모노를 차려입은 장년 여성들을 종종 보았다. 등을 꼿꼿하게 편 자세로 기품 있게 걷는 모습과 기모노를 최소 40년 가까이 착용해오면서 가지게 되었을 취향과 센스는 탄복을 자아냈다. 나이가 들어도 긴장감을 잃지 않으려고, 정신적으로나 육체적으로나 퍼지지 않으려고, 얼마나 많은 것들을 포기하고 자신을 훈련했을까. 머리끝부터 발끝까지, 전체적인 색상과 패턴의 균형부터 양산과 핸드백 등 액세서리 소품의 조화에 이르기까지 무엇 하나 허투루 걸친 것이 없다. 그 고고한 모습은 오랜 시간에 걸쳐 하루하루 쌓아 올린 자기 관리의 내공이 있어야만 가능한 것이다.

테라마치도리 상점가에서 만난 한 기품 있는 중고서점.
단정한 인상의 여주인이 혼자 일하고 있었다.

'교토 출신 여자'라는 타이틀은 하나의 훈장이다. 예컨대 한 여성에게 출신지를 물어봤을 때 그녀가 '교토예요'라고 대답한다면 다른 지역 사람들은 오오, 하고 감탄하면서 그녀를 보는 눈이 확 달라질 것이다. 교토 여자에 대한 이 뿌리 깊은 동경심은 과거 관동 지방의 장군들이 최고의 명예를 얻기 위해 당시 수도 교토의 귀족 집안에서 아내를 맞이하던 역사에 기인한다. 지금으로 치면 '트로피 와이프'와 같은 개념으로, 교토 여자를 아내로 삼는 일이 타 지역 남자들의 허영기와 인정 욕구를 채워준 셈이다.

추리 소설들의 배경 도시로 교토가 단골로 설정되는 이유는 교토 여자들이 독보적으로 누리는 어떤 이상적인 이미지 때문이다. 고고하고 강인하면서도 혼자 견디는 법을 체득한 여자 주인공들. 그녀들은 주위 사람들의 사랑과 선망을 한 몸에 받지만 동시에 독립과 자유를 갈구하기에 자신을 구속하는 모든 것들에 저항한다. 단지 교토 출신의 여자라는 이유만으로 외모는 필연적으로 아름답지만 여러 사건과 사고에 운명적으로 휘말리게 되는 등, 정작 그녀들 자체는 까도 까도 알 수 없는 신비로움을 끝까지 고수한다. 그렇다 보니 소설 전개가 다소 오락가락 횡설수

설 진행되어도 끝에 가서 '…그리고 그녀는 교토의 여자였다'라고 마무리를 해주면, 어쩐지 납득이 가고 상황이 정리되는 듯한 효과가 있다고들 한다.

23。

교토 남자

일본인 소설가 하야시 마리코의 중편소설 『교토까지』에는 '교토 남자'와 '도쿄 여자'가 주인공으로 등장한다. 도쿄에서 프리랜서 편집자로 일하는 30대 초반 여성 '구니코'는 오사카에 출장 가서 만난 교토 출신의 연하 남성 '다카시'와 장거리 연애 커플이 된다. 구니코는 주말마다 신칸센 열차를 타고 교토로 다카시를 만나러 가지만 그것이 전혀 수고스럽지 않다. 접근할 때는 느물느물하면서 결정적인 순간에는 무책임하게 몸을 사리는 도쿄 남자들에 신물이 나 있던 구니코는 반듯하고 순진한 모범생 같은 교토 남자 다카시가 그저 신선하고 좋다. 말꼬리가 부드럽게 올라가는 교토 사투리는 아름다운 비밀을 품은 것만 같고, 옛날 스타일의 흰 셔츠를 걸쳐 입은 모습도 귀티 나는 백면서생 같고, 무엇보다도 빙빙 말을 돌리거나 간을 보지 않고 사랑을 한껏 솔직하게 표현해주는 다카시에게 구니코는 감동한다. 어느 여자인들 안 그러겠냐마는.

구니코는 그 밖에도 다카시에게 각인된 교토 토박이의 특징들을 서서히 발견한다.

1. 일이 끝난 뒤풀이 자리에서 오사카 남자들은 유독 소란스럽고 호탕하게 웃기도 잘 웃는다. 그 가운데 교토 남자, 다카시는 혼자 묘하게 튄다. 그는 농담을 하지도 않고 사람들의 대화에 끼어들지도 않고 그저 조용히 다른 사람들의 말을 경청한다.

교토 사람들이 오사카 사람들을 바라보는 시선은 영국인이 마음속으로 미국인을 경멸하는 것과 비슷하다. 교토 사람들은 오사카 사람들이 시끄럽고 단순 무식하며 촌스럽다고 생각한다. 반면 오사카 사람들은 교토 사람들이 까탈스럽고 자존심이 너무 강하다고 불만이다. 도쿄 사람들이 오사카보다 교토를 한 수 위로 대우하는 분위기도 마음에 들지 않는다. 사정이 이렇다 보니 교토와 오사카는 예로부터 앙숙지간이다. 교토 사람들은 오사카를 직설적이고 기품 없는 장사꾼의 도시라고 비하하고 오사카 사람들은 교토를 진짜 실력도 없으면서 의뭉스럽고 허세만 가득한 도시라고 공격한다.

2. "오사카에서 둘러볼 만한 데를 안내해주실래요"라고 구니코가 넌지시 데이트 신청을 하니 다카시가 정색하며 "전 오사카 사람이 아닙니다"라고 하는 부분. "전 멀더라도 교토에서 오사카로 출근하고 있습니다"라고 다카시는 또 한 번 강조한다.

아무리 오사카와 교토가 같은 간사이 지방으로 묶여도 자신은 '간사이' 사람이 아니라 어디까지나 '교토' 사람이라고 분리하는 '교토 부심'. 교토 사람들은 "간사이 지방 출신입니까?"라는 질문을 받으면 "네, 그렇습니다만 정확히는 교토입니다"라고 반드시 선을 긋는다. 개인주의 의식이 강해서 남들과 한 무더기로 취급받는 것이 싫기도 하지만 인근 도시 오사카의 수준을 은근히 무시하는 마음이 있는 것이다. '같은 간사이 지방 출신이라 해도 사실 우린 많이 다르지'가 본심이다.

3. 구니코의 간접적인 데이트 신청에 다카시는 오사카 대신 교토로 구니코를 안내하겠다고 했는데, 오사카에서 만났을 때와는 달리 교토에서의 다카시는 익숙한 장소라 편해서 그런

지 어쩐지 더 활달해지고 말수도 많아진다. "집에서 오사카에 있는 회사까지 통근 시간이 한 시간 반이나 걸리지만 그래도 교토를 벗어나질 못하겠네요." 여태껏 교토 외의 장소에서 한 번도 살아본 적이 없는 다카시는 교토에서 가장 그다운 모습이 된다.

교토 출신들은 한마디로 교토를 너무도 사랑한다. 그들은 대놓고 말한다. 평생 교토에 살고 싶다고. 교토를 떠날 하등의 이유가 없다고. 교토는 자극적인 변화무쌍함과는 거리가 멀다. 유흥 시설도 별로 없다. 하지만 그래서 좋다고 교토 사람들은 입을 모은다. 교토에는 번듯한 대학과 회사도 있고 그 외에도 교토 사람들이 사랑하는 것들이 모두 다 손에 닿으니 여분의 것들은 굳이 필요치 않다. 더구나 어렸을 적부터 봐온 익숙하고 친근한 명소나 가게들이 여전히 많이 남아 있다는 안도감도 크다.

이렇게 뼛속 깊이 교토 남자인 다카시가 마냥 좋아 덩달아 그의 고향인 교토의 정취에도 흠뻑 빠진 구니코. 어느 날 가혹하리만큼 치열하고 바쁜 도쿄 생활에 심신이 지친 구니코는 다카시가 사는 '시간이 느리게 흐르는' 교토로 아예 이사 가기로 결심한다. 이 소식을 듣고 다카시가 기뻐해줄 줄 알았건만 웬걸, 다카시는 도리어 정색하며 구니코에게서 뒷걸음질을 친다.

"난 지금 곤란한 상황이야. 구니코 씨가 교토에 산다고 할 때부터 나는 어쩔 줄을 모르겠어. 그렇게 되면 지금까지와 다른 느낌이 될 텐데 그걸 생각하면 혼란스러워."

눈에서 콩깍지가 벗겨지고 나서 보니, 반듯하고 순수한 모범생으로 생각했던 다카시는 그저 더도 말고 덜도 말고 스스로 선택을 내리지 못하는 의지박약의 유약한 교토 토박이 도련님이었던 것이다. 소설 『교토까지』는 이렇게 도쿄 사람들이 교토에 대해서 품는 애먼 환상의 현실을 신랄하게 꼬집는 재미가 있다.

24。

숙소의 주변 동네

여행지에서 친밀감을 가장 많이 느끼게 되는 장소는 아무래도 밤에 묵는 숙소다. 그리고 더 정이 들려면 숙소 주변을 무작정 걸어보면 좋다. 숙소 주변을 내 발로 걸어 다니며 동네를 염탐하는 행위는 임시로나마 그 숙소를 '나의 집'으로 삼으려는 행위다. 인터넷에서 숙소에 대한 정보는 퍼도 퍼도 끝이 없지만 정작 그 '주변'에 대한 정보는 찾아보기 힘들다. 이것만큼은 현지에 가서 직접 내 눈으로 봐야만 체감할 수 있는 그 무엇이다. 그렇기 때문에 숙소 주변 동네에서 새로운 발견을 하게 되면, 여행의 경험이 깊고 풍부해지는 기분이 든다.

아침 일찍 일어나서 밖으로 나와 걷기 시작한다. 가까이에 어떤 가게들이 있고 어떤 사람들이 살고 있는지를 둘러보며 피부로 그곳 특유의 공기를 느낀다. 어두워진 뒤에 나오면 또 다른 분위기를 마주하고 이렇게 아침저녁으로 산책 나온 강아지처럼 숙소 주변에 영역을 표시하다 보면, 어느새 그 풍경에 익숙해지고 정이 들어버린다.

그 동네는 내가 선택한 숙소와 조화롭게 어울릴 수도 있고 아예 분위기가 다를 수도 있다. 아무래도 좋다. 깔끔하고 세련된 장소들을 발견하면 감각이 자극받아 즐겁고, 개성 넘치고 번잡스러운 유흥가가 주변에 있다고 해도 그건 그것대로 불량 청소년이 된 듯한 스릴이 있다. 수많은 인파로 북적거리는 소란스러운 동네일 수도 있고, 편의점도 사람도 보이지 않는 황량한 동네일지도 모른다. 사람들이 없으면 없는 대로의 호젓함과 우수를, 있으면 있는 대로 군중 속의 고독을 느끼며 걸으면 된다. 이곳에 머무르고 있지만 언젠가는 떠날 사람의, 일종의 가상 현실에 대한 관대하고 여유로운 마음가짐일 것이다.

그렇다 해도 개인적인 선호는 있다. 내가 묵게 될 교토의 숙소라면, 그 가까이에 할아버지가 오랜 세월 혼자 운영해온 작은 헌책방과, 아이들의 재잘거림이 저 멀리서도 울려 퍼지는 유치원이나 초등학교가 있으면 좋겠다. 아침에 숙소를 나설 때는 아이들의 맑고 기운찬 합성을 듣고 싶다. 저녁 즈음 숙소로 돌아올 때는 그 시간에 늘 그렇듯이 책방에 손님이 없어, 할아버지 혼자 돋보기 안경을 끼고 조용히 혼자 책을 읽으시려는 찰나에, 잠시 방해하고 내가 그날의 마지막 손님이 되어드리고 싶다.

할아버지가 과묵하게 지키고 있던
동네 헌책방.

무작정 길을 걷다가 훌쩍 마주친
노포 서점 미츠키.

25。

악연 떼어내기

교토 여행 가이드북을 들춰보면 교토의 명소는 대부분 절인 것만 같다. 천 년 역사를 가진 교토이니 그사이 만들어진 절들의 규모도 천차만별. 주택가나 시장에 붙어 있는 작은 절이 있는가 하면 궁궐처럼 광활한 크기를 자랑하는 절도 있다. 이 책을 여기까지 읽다 보면 문득 한 가지 의문이 들 수 있다. 교토 하면 절인데 왜 그에 대한 이야기가 없지 싶은. 기존의 교토 여행서에 자세히 소개되어 있으니 굳이 나까지 거론할 필요가 없다는 이유가 크고(대신 뒤에 실린 부록 「임경선의 교토」에 개인 취향의 다섯 군데 절을 뽑아서 소개했다), 또 한 가지 이유는 나는 관광객들로 발 디딜 틈 없는 으리으리하고 유명한 절들보다 '생활 밀착형'의 작은 절들에 더 관심이 가고 호감을 느끼기 때문이다. 교토의 뒷골목 구석에 뜬금없이 세워진 작은 돌 불단과 불상, 그와 함께 놓여 있는 생화와 향, 이런 것들이 더 정겹다. 다 함께 모여 작심하고 만들었다기보다 동네에 불단 하나 없으면 서운하니 그냥 작게 하나 만들어놓자 해서 만든 듯한, 그런 아기자기한 마음들이 탄생시킨 풍경이랄까. 아무튼 일본 어디에도 교토만큼 크고 작은 절이 많은 곳은 없다. 절이 많다는 것은 신, 다른 말로 하면 귀신 혹은 영혼이 많다는 뜻이니 교토를 '마계의 도시'라 일컫는 것도 무리가 아니다.

아무튼.

대개의 절들은 자신에게 좋은 일이 생기기를 또는 좋은 인연을 맺기를 기원하기 위해 찾는 곳이다. 그런데 기온의 뒷골목, 앞뒤로 러브호텔이 떡 하니 세워진 이곳에는 그와 반대로 '절연'을 기원하는 신사가 있다. 우리가 인연을 끊고 싶어하는 것들이 무엇인가. 대개 '나쁜' 것들이다. 나는 사람들의 밝고 건강한 면보다 어둡고 병적인 면이 더 흥미롭다. 후자야말로 인간의 본성을 정직하게 드러내기 때문이다.

이름하여 '절연의 신'을 모시는 신사, 야스이 신사. 일본 전국에서 사람들은 악연을 끊기 위해 야스이 신사의 '야스이 콘피라구'로 모여든다. 야스이 콘피라구는 바가지나 움막을 닮은 큰 바위다. 그런데 원래 바위였는지도 알아볼 수 없을 만큼 표면에는 하얀색 종이 부적들이 한가득 붙어 있다. 멀리서 보면 마치 미친 괴물의 산발한 머리카락 같다. 이 바위에는 어른 한 명이 겨우 빠져나갈 정도 크기의 구멍이 앞뒤로 뚫려 있다. 악연을 끊기 위해서는 우선 하얀 종이 부적에 어떤 절연을 원하는지 구체적인 내용을 적고, 그다음 바위 구멍의 한쪽 입구로 웅크리고 들어가 반대편 출구로 기어 나오면 된다. 무사히 통과하면 마무리로, 이미 수많은 참배객들이 붙여놓은 부적들 위에 내가 적은 절연 부적을 붙이면 된다. 거참 쉽다.

그나저나 사람들은 어떤 것들과 인연을 끊고 싶어할까. 대체 무슨 사연들이 있을까. 야스이 신사를 즐겨 찾는 교토의 한 철학자가 있는데 그의 취미는 심심할 때 야스이 콘피라구에 와서 사람들이 부적에 써 넣은 절연 기원 메시지를 읽으며 '사회 현상'을 성찰하는 것이다. 절연의 신에게 사람들이 가장 많이 기원한 내용은 무엇이었을까? '내 남편과 그의 애인이 어떻게든 헤어지게 해주세요' 하는 아내들의 애끓는 염원이다. 그중에서도 가장 강렬했던 저주의 부적은 남편의 젊은 애인 사진을 줄줄이 매달아놓고 그 애인 얼굴이 다 가려질 정도로 사진 위에 저주와 원한의 글을 잔뜩 써놓은 것이었다고. 남편뿐 아니라 아들의 못마땅한 연애를 깨고 싶어하는 어머니들의 절연 기원 부적도 의외로 많다며 철학자는 놀란다. 그 외의 평범한(?) 사연으로는 질병,

◦
니시키 시장에 위치한
가게들의 번영을 기원하는 니시키 덴만구 신사.
가게 이름들이 저마다 등불에 쓰여 있다.

술, 담배, 도박, 기타 나쁜 습관들과의 절연 기원이라고 한다.

공동체의 일부로서 지척에 이토록 다양한 형태의 절이 있다는 것은, 사람들이 마음 내킬 때 언제라도 가벼운 마음으로 찾아갈 수 있음을 뜻할 것이다. 어깨를 짓누르는 고통이나 고민을 덜고 싶을 때, 살아가는 의미를 찾고 싶을 때, 자신의 진실한 마음을 읽기 위해, 혹은 단순히 '혼자'로 돌아가기 위해 교토의 절은 항상 시민들에게 열려 있다. 내가 원하면 그 절을 관장하는 스님들에게 부담 없이 인생 상담을 하거나 지혜의 언어를 구할 수가 있다. 그것 때문에 정기적으로 찾아가서 참배를 드려야 한다거나 참배할 때마다 기부를 할 필요는 없다. 강압적인 대가나 의무를 일절 부과하지 않는 점이 그들의 미덕이다.

"즐거울 때는 종교가 필요 없으니 찾아오지 않으셔도 그건 그것대로 괜찮아요. 이곳을 필요로 하지 않는 상태면 오히려 다행인 것이죠."

스님의 자비로운 말씀이 인상에 남는다.

26。

잊지 못할 배웅

딸아이가 태어나기 전에 남편과 교토로 짧은 여행을 다녀온 적이 있다. 그때 묵었던 숙소는 '히이라기야 료칸'의 별관이었다. 히이라기야 료칸은 교토의 유서 깊은 3대 료칸 중 하나인데 별관은 본관보다 더 소박하면서 가격도 적당했다. 2층 구석에 있던 우리 방의 시중을 담당한 분은 진회색 기모노를 차려입은 치요 아주머니였다. 치요 아주머니는 아침저녁으로 교토식 가이세키 요리를 방 안의 낮은 탁자에 차례대로 차려주시고, 갓 지은 고슬고슬한 흰쌀밥을 공기에 퍼주시고, 저녁 식사가 끝나면 아래층에 별도로 위치한 히노키 욕조에 뜨거운 물을 받아주셨다. 자기 전에는 두툼한 솜이불과 요를 다다미 바닥에 깔아주시고, 다음 날 아침이 되면 낭랑한 목소리로 아침 먹으라고 깨워주시기(!)까지 했다. 바지런한 살림꾼 엄마에게서 살가운 보살핌을 받는 것만 같았다.

하지만 정작 치요 아주머니를 잊지 못하는 것은 다른 이유에서다. 하루 푹 쉬고 다음 날 아침 식사 후, 우리 부부는 체크아웃을 마치고 슬슬 오사카로 다시 돌아가려는 참이었다. 배웅차 현관 앞으로 함께 나온 치요 아주머니는 숙박비를 지불하는 모습을 조용히 곁에서 지켜보다가 신발 보관함에서 우리의 신발을 꺼내 현관 입구에 가지런히 놓아주셨다. 결제를 마친 우리는 신발을 신고 나무로 만든 미닫이문을 열어 료칸 밖으로 나갔다. 아침 공기가 너무도 상쾌해서 깊이 숨을 들이마셨다. 기대하지도 않았는데 어느새 치요 아주머니는 대문 밖까지 우리를 따라 나와 계셨다. 자세히 살펴보니 손님 시중을 들 때 입는 기모노와 손님을 마중하고 배웅할 때 입는 기모노가 다르다. 후자의 경우에 입는 기모노가 훨씬 더 화사했다. 마지막 모습에 더 좋은 인상을 주고 싶은 마음 때문이리라.

"히이라기야에 묵어주셔서 진심으로 고맙습니다. 다음에 또 돌아와주시기를 저희 모두 기다리고 있겠습니다."

어제오늘 친근하고 활달하게 말을 붙이던 치요 아주머니는 작별의 시간이 되자 정중한 어투로 바뀌며 고개 숙여 우리 부부를 배웅했다. 적어도 한 달은 이곳에서 지내다 가는 사람들을 아쉽게 보내는 것처럼. 고맙고 짠한 마음에 우리도 마찬가지 방식으로 답례 인사를 했다.

"그동안 저희를 잘 보살펴주셔서 감사했습니다. 다음에 꼭 다시 오겠습니다."

그렇게 예를 갖추어 장황하게 인사를 마치고 나니 어쩐지 괜히 수줍어져서 우리는 택시를 잡을 수 있는 대로변으로 나가기 위해 발걸음을 분주히 옮기기 시작했다. 한참을 앞만 보고 걷는데 누가 우리를 부르는 것만 같은 기운이 등 뒤로 느껴졌다. 몸을 획 돌려 보니 치요 아주머니가 료칸으로 다시 들어가지도 않고, 아까 마지막 인사를 나누던 때와 똑같은 자세로 서서 우리가 걸어가는 모습을 지켜보고 있었다. 시선이 마주치자 그녀는 황송하다는 듯이 연거푸 머리 숙여 우리를 향해 절을 했다. 우리는 놀랍고 반가우면서 한편으로는 우리가 뭐라도 된 양 계면쩍기도 하여, 절 대신 서양식으로 캐주얼하게 손을 흔들었다. 멀리서 우리가 그러는 걸 본 치요 아주머니는 이번에는 앳된 소녀처럼 활짝 웃으며 팔을 번쩍 들어 함께 손을 흔들었다.

몸을 다시 앞으로 돌려 걸었다. 이제 조금만 더 걸으면 곧 큰길이 나올 터였다. 마침내 골목길 모퉁이를 끼고 왼쪽으로 꺾어 큰길로 빠지려던 찰나, 에이 설마 하며 한 번 더 몸을 틀어 뒤를 돌아보았다. 그랬더니 저 멀리, 어렴풋이 보이는 치요 아주머니가 이번에는 우리와 시선도 마주치지 않은 채 상체를 90도로 완전히 숙인 상태로 이쪽을 향해 절을 하고 있는 게 아닌가! 혹시 아까부터 저러고 계셨던 것은 아닐까 내심 죄송했다. 자신이 접대한 손님의 모습이 보이지 않을 때까지 인사를 하고 또 한다는 '교토 오모테나시(대접)' 이야기는 진짜였다.

교토의 숱한 골목들은 어쩌면 그를 위해 존재하는지도 모른다. 가령 유서 깊은 식당의 경우도 그렇다. 손님이 계산을 마치고 가게 밖으로 나간다. 손님을 배웅하기 위해 가게 주인이 먼저 밖에 나와 기다리고 있다. 손님과 가게 주인은 덕담과 인사를 나누고 이윽고 손님은 돌아서서 길을 나선다. 여기까지는 종종 볼 수 있는 광경이다. 핵심은 이제부터다. 교토에서 높이 평가받는 유명한 가게나 료칸은 주로 큰길가에서 한참 안으로 들어간 골목 구석에 숨어 있다시피 있다. 그리고 가게 주인 혹은 치요 아주머니와 같은 역할을 하는 담당 종업원은 떠나가는 손님이 골목길 끝에서 코너를 돌 때까지 지켜보며 서 있다. 손님의 모습이 완전히 보이지 않을 때까지.

'저희 집을 찾아주셔서 정말로 고맙습니다.'

단 한 번의 만남일지도 모르지만 그래도 못내 이별이 아쉬운 마음을 행동으로 손님에게 전한다. 예를 갖춰 성의 있게 배웅하는 일은 손님의 또 다른 출발을 상징적으로 축복하는 의미도 띤다. 손님 역시도 그 너른 정성에 기꺼이 응답해야만 한다. 모퉁이를 돌기 전, 반드시 자신이 신세를 진 가게 쪽을 뒤돌아봐야 한다. 물론 가게 주인이나 종업원은 저 멀리서 미소 지으며 손님이 잘 가고 있는지 살피는 중이다.

'정성스러운 대접과 근사한 시간에 감사합니다.'

가게 쪽을 향해 손님도 깊이 머리 숙여 절하며 마지막으로 감사의 마음을 표현해야 한다. 교토의 수많은 골목길 여기저기에서 오늘도 이런 정성이 넘치는 작별의 풍경을 볼 수 있을 것이다. 언제가 될지는 모르지만 다시 만날 때까지 서로의 안녕을 진심으로 기원해주는 일. 겉으로는 조금 차가워 보일지 몰라도 실은 은근한 속정으로 이렇게 여운을 남겨주기에, 교토와 교토 사람들에게 마음을 빼앗기지 않을 도리가 없다.

GROOMING&SPA
BARBER

부록。

임경선의
교토

서점

1. 세이코샤 서점誠光社

전설의 서점 '게이분샤 이치조지점'의 명물 점원 호리베 아쓰시 씨가 독립해서 차린 동네 서점. 호리베 씨의 탁월한 안목으로 고른 신간, 절판본, 중고본 등이 다양하게 섞여 있다.

전화 075-708-8340
영업 시간 10:00 AM~8:00 PM 연중 무휴
주소 교토시 가미교구 나카마치도리 마루타마치 아가루 타와라야초 437 (가와라초 마루타마치 교차로 인근)
http://www.seikosha-books.com

2. 게이분샤 이치조지점惠文社一乗寺店

영국 〈가디언〉에서 선정한 세계에서 가장 아름다운 서점 톱 10에 꼽히는 중규모의 동네 서점. 아름답고 개성 넘치는 책들을 만날 수 있다.

전화 075-711-5919
영업 시간 10:00 AM~9:00 PM
주소 교토시 사쿄구 이치조지 하라이토노초 10 (이치조지역에서 도보 5분)
http://www.keibunsha-store.com

3. 호호호좌 서점ホホホ座

'철학의 길' 근처에 자리한 독립 서점. 내가 그간 가본 서점 중 가장 히피스러운 분위기를 풍기는 곳이다. 1층에서는 신간 서적과 잡화를 팔고 2층에서는 중고 서적과 그릇 등의 생활 도구를 취급한다. 호호호좌 서점의 모토는 '그 순간을 살자'이다. 운영자인 책벌레 두 남자, 야마시타 겐지와 마쓰모토 신야 씨는 이 서점을 '책이 많은 선물 가게' 정도로 생각해주기를 바란다. 전국에 각기 다른 업종에 종사하는 6개 지점의 호호호좌가 있다.

전화 075-741-6501
영업 시간 11:30 AM~8:00 PM 연중 무휴
주소 교토시 사쿄구 조도지 반바초 71 하이네스트 빌딩 1·2층
http://hohohoza.com

4. 런던 북스London Books

개업한 지 7년 된 런던 북스는 교토시 외곽의 명소 '아라시야마嵐山'역 인근에 위치한 중고 서점이다. 문학서, 생활 잡화 관련 에세이와 실용서 위주다. 왁스 칠이 잘된 나무 바닥이 걸을 때마다 경쾌한 느낌을 준다. 주인 오오니시 요시타카 씨는 영문학자 요시다 겐이치를 존경하고 영국 문학을 좋아해서 '런던 북스'라고 이름 지었다고 한다.

전화 075-871-7617
영업 시간 10:00 AM~7:00 PM 월요일, 셋째 화요일 휴무
주소 교토시 가미교구 이마보로마치 텐류지 사가 22 (아라시야마역 도보 거리)
http://londonbooks.jp

5. 교토 오카자키 쓰타야 서점京都岡崎 蔦屋書店

새롭게 단장한 다목적 문화 홀 '롬 시어터 교토Rohm Theatre Kyoto' 안에 생긴 대형 서점 체인. 이 서점 고유의 라이프 스타일별 책 분류가 인상적이다.

전화 075-754-0008
영업 시간 8:00 AM~10:00 PM 연중 무휴
주소 교토시 사쿄구 오카자키 사이쇼우지초 13 롬 시어터 교토 파크 프라자 1층
http://real.tsite.jp/kyoto-okazaki

절

교토에는 절이 어마어마하게 많은데 그중에서 개인적으로 선호하는 다섯 곳만 엄선했다.

1. 기요미즈데라(청수사清水寺)

천 년 고도 교토를 상징하는 최고의 절이라고 할 수 있겠다. 규모도 크고 관광객도 많다. 본당 앞 절벽 위에 지어진 테라스 '기요미즈노부타이'로 가면 교토 타워를 비롯한 교토 시내 전망이 일품이다. 절 입구에서 나오면 기요미즈자카라는 전통 공예품 상점가가 있어 아이쇼핑하기 좋다.

전화 075-551-1234
관람 시간 6:00 AM~6:00 PM 폐관 시간과 야간 특별 관람 시간은 홈페이지 참조
주소 교토시 히가시야마구 기요미즈 1
http://www.kiyomizudera.or.jp

2. 난젠지(남선사南禅寺)

일본풍이라기보다 중국풍 혹은 서양풍으로도 보이는 묘한 절. 원래는 별장이었다가 나중에 절로 바뀌었다. 대표적인 볼거리는 22미터 높이의 산몬三門과 붉은 벽돌로 만든 100년 넘은 거대한 아치형 수로다. 이 수로를 통해 비와코 호수에서 나오는 물이 흐르는데 그 물소리 덕에 한층 더 운치가 있다.

전화 075-771-0365
관람 시간 8:40 AM~5:00 PM
주소 교토시 사쿄구 난젠지 후쿠치초
http://www.nanzenji.com

3. 긴카쿠지(은각사銀閣寺)

나는 관광객들이 너무 많고 금박이 번쩍번쩍하는 금각사보다 정원과 연못이 고요한 신비로움을 풍기는 은각사를 선호한다. 나무들이 풍성해서 마치 깊은 산속에 있는 기분도 든다. 철학의 길 산책로와 연결되어 있어서 함께 둘러보기에 편리하다.

전화 075-711-5725
관람 시간 8:30 AM~5:00 PM
주소 교토시 사쿄구 긴카쿠지초 2
http://www.shokoku-ji.jp

4. 도지(동사東寺)

55미터 높이의 날렵한, 일본 최고 높이를 자랑하는 오중탑이 있다. 이른 아침 시간에 가면 스님들이 빗자루로 청소하는 모습을 볼 수 있다는데 그 광경이 그렇게 평화롭다고 한다.

전화 075-691-3325
관람 시간 8:30 AM~5:30 PM 폐관 시간은 홈페이지 참조
주소 교토시 미나미구 구조초 1
http://www.toji.or.jp

5. 산주산겐도 三十三間堂

1266년에 재건된 사찰. 본당 건물 안에 들어서면 중앙에 높이 3.4미터의 거대한 천수관음좌상과 그 좌우로 작은 천수관음상 천 개가 정렬한 장관에 압도당한다. 자세히 보면 관음상 천 개의 자세와 표정이 제각기 다르다.

전화 075-561-0467
관람 시간 8:00 AM~5:00 PM(4월~11월15일) 9:00 AM~4:00 PM(11월16일~3월)
주소 교토시 히가시야마구 산주산겐도 657(교토역에서 시 버스 100번, 206번, 208번을 타고 하쿠부쓰칸산주산겐도마에 정류장에서 하차)
http://sanjusangendo.jp

숙소

1. 다와라야 료칸俵屋旅館

더 이상 말을 덧붙일 필요가 없는 교토 최고, 아니 일본 최고의 료칸. 품위를 지키기 위해 일부러 홈페이지를 만들지 않는 곳.

전화 075-211-5566
주소 교토시 나카교구 후야초 오이케 아네코지 아가루 나카하쿠산초 278
가격 1박 2식, 2인1실 기준, 1인당 약 55,000엔부터

2. 히이라기야 료칸 별관柊家別館

10년 전 부부 여행 때 묵었던 료칸. 본관에 비해 가격이 저렴하지만 극진한 서비스를 받을 수 있다. 아침저녁으로 담당 여중이 식사를 내주고 이부자리를 정돈해주며 히노키 탕의 목욕물을 데워준다.

전화 075-231-0151
주소 교토시 나카교구 고코마치 니조 사가루 야마모토초 431
가격 1박 2식 기준, 1인당 15,000~26,000엔
http://www.hiiragiya.co.jp/bekkan

3. Len 교토 가와라마치河原町 게스트하우스

원래 창고였던 건물을 그대로 개조해서 연 곳으로, 1층에는 카페 레스토랑을 만들었다. 밤 12시까지 그곳에서 술을 마시며 지역 주민들과 어울릴 수 있다. 숙박객 전용 부엌도 마련되어 있다.

전화 075-361-1177
주소 교토시 시모교구 우에마쓰초 709-3
가격 킹 더블 객실(2명 수용) 1박 1실 10,800엔부터
http://backpackersjapan.co.jp/kyotohostel

4. 고조五条 게스트하우스 별관

2003년에 개업한 고조 게스트하우스는 100년 이상 된 요리 료칸을 개조해서 만든 마치야 건물에 있다. 개인실과 기숙사 형식의 단체실이 있다. 인근에 기요미즈데라와 센토(공중 목욕탕)가 있다.

전화 075-525-2298
주소 교토시 히가시야마구 코마쓰초 11-26
가격 개인실 1박 6,600~7,000엔, 단체실 1박 1인 2,000~2,800엔
http://www.hostelskyoto.com/annex.html

5. 이시하라石原 료칸

교토 시청에서 가까운 아담한 료칸이다. 유명 영화감독 구로사와 아키라가 교토에 오면 늘 묵었던 숙소다. 그가 묵었던 2층 방 이름은 현재 '구로사와 룸'으로 불린다. 감독이 시나리오를 쓰면서 사용하던 재떨이와 의자, 책상과 컵 등을 그대로 두었다고.

전화 075-221-5612
주소 교토시 나카교구 야나기반바도리 아네야코지 아가루 야나기하치만초 76 (가라스마 오이케역에서 도보 약 5분)
가격 1박 조식 포함 1인당 11,880엔부터. 구로사와 룸 1박 조식 포함 18,000엔

6. 아트 호스텔 구마구스쿠Kyoto Art Hostel Kumagusuku

2015년에 개업한 아트 호스텔. 주인장이 현대미술 작가로 활동하기에 객실에 예술을 입힌 느낌이다. 네 개의 객실과 로비, 복도에 다양한 아티스트들의 작품이 전시되어 있다. 주인장의 부인이 매일 메뉴를 바꾸어 아침 식사를 손수 만들어준다(500엔 추가).

전화 075-432-8168
주소 교토시 나카교구 미부반바초 37-3 (오오미야역에서 도보 약 5분)
가격 1박 1인당 싱글 7,000엔
http://www.kumagusuku.info

7. 호텔 안테룸 교토 Hotel Anteroom Kyoto

2016년에 리뉴얼을 마친 디자인 호텔. 1층엔 갤러리와 바가 있다. 방이 하나하나 개성적이고 아름다우면서도 가격이 상대적으로 저렴하다. 서양식 조식(1,000엔)도 신선한 샐러드 종류가 많다.

전화 075-681-5656
주소 교토시 미나미구 히가시쿠조 아키타초 7
가격 싱글룸 6,000엔부터, 아티스트 콘셉트 룸(조식 포함) 18,000엔부터
http://hotel-anteroom.com

8. 교토 센추리 호텔 Kyoto Century Hotel

내가 묵었던 교토역 앞 호텔. 로비에 설치된 초대형 램프 모형이 상징이다. 로비 라운지의 뷔페가 맛있기로 정평이 나 있는데 실제로 먹어보니 정말 맛있었다. 침대 매트리스도 무척 편안하다.

전화 075-351-0111
주소 교토시 시모교구 히가시 시오코지초 680 (교토역 도보 2분)
가격 2인 1실 31,000엔부터(호텔 예약 사이트마다 다름)
http://www.keihanhotels-resorts.co.jp/kyoto-centuryhotel

9. 피스 호스텔 산조 Piece Hostel Sanjo

시내 중심에 위치하며 세련된 인테리어를 자랑한다. 방은 좁지만 전 세계에서 모여드는 여행객들과 공동으로 사용하는 라운지와 부엌이 넓고 쾌적하다. 샤워실과 화장실은 공용이고 PC방과 빨래방도 있다. 무료 조식 서비스가 있다.

전화 075-746-3688
주소 교토시 나카교구 토미고로도리 산조 사가루 아사쿠라초 531
가격 다인실 2,800엔부터, 1인실 4,500엔부터
http://www.piecehostel.com/sanjo/jp

10. 호텔 그랑비아 교토Hotel Granvia Kyoto

교통의 편리성 면에서 이 호텔을 능가할 곳은 없다. 교토역 건물에 바로 연결된 유일한 호텔이기 때문이다. 객실 크기가 교토 호텔의 평균보다 훨씬 큰 것도 장점이다. 조식 뷔페만 먹으러 들러도 좋을 것이다.

전화 075-344-8888
주소 교토시 시모쿄구 가라스마도리 시오코지 사가루 가라스마 추오구치 JR교토
가격 트윈룸 1인당 약 20,000엔부터(호텔 예약 사이트마다 다름)
http://www.granviakyoto.com

11. 나인 아워스 교토Nine Hours Kyoto

우주선처럼 생긴 초현대적인 캡슐 호텔. 프런트, 침대, 개인 라커 등 온통 하얀색으로 깔끔함을 강조한다(내 남편이라면 정신병원 같다고 질색할 것이다). 번화가인 시조 가와라마치에서 가깝고 숙박 전날에 예약하면 무려 1,800엔이라는 저렴한 가격으로 투숙할 수 있다. 숙소 바로 앞에 삼각김밥 전문점이 있어서 밥 걱정은 하지 않아도 된다. 다음에 꼭 한번 가서 자보고 싶다.

전화 075-353-7337
주소 교토시 시모쿄구 데라마치도리 시조 데이안마에노초 588
가격 1인실 4,900엔부터
http://ninehours.co.jp/kyoto

1. 아카쓰키 커피アカツキコーヒー

게이분샤 이치조지 서점 가는 길에 보이는, 연푸른색 간판의 빈티지 · 북유럽풍 카페이다. 좁은 문을 열면 가게 안의 긴 카운터석이 한눈에 들어온다. 블루그레이 색상의 벽지와 백색 천장의 대조가 인상적.

전화 075-702-5399
영업 시간 9:00 AM~5:00 PM 일요일, 둘째 수요일 휴무
주소 교토시 사쿄구 이치조지 아카노미야초 15-1
http://www.akatsukicoffee.com

2. 와이프 앤드 허즈번드WIFE&HUSBAND

가모강변에서 젊은 부부가 사이 좋게 운영하는 빈티지풍 카페.

전화 075-201-7324
영업 시간 10:00 AM~5:00 PM 일, 월, 목요일 휴무
주소 교토시 기타구 고야마 시모우치가와라야초 106-6
http://www.wifeandhusband.jp

3. 이노다 커피イノダコーヒ 본점

1940년에 개업한 교토의 대표적인 커피점. 가장 인기 있는 메뉴는 우유와 설탕을 넣은 다방 스타일 커피, '아라비아의 진주'다. 두터운 오믈렛과 잘게 썬 오이를 넣고 버터와 겨자를 바른 교토식 계란 샌드위치의 진수를 보여주기도 한다.

전화 075-221-0507
영업 시간 7:00 AM~8:00 PM 연중 무휴
주소 교토시 나카교구 사카이마치도리 산조 사가루 도유초 140
http://www.inoda-coffee.co.jp

4. 신신도進々堂 교토대학 북문 앞 지점

신신도의 창업주, 쓰키 히토시 씨는 교토대학에서 프랑스어를 배우고 1924년에 일본인으로서는 처음으로 프랑스 파리로 제빵 유학을 떠났다. 파리에서 제빵 기술을 배우면서 그곳 대학가의 활기 있는 카페 문화에 반해, 1930년 귀국 후 교토대학 북문 앞에 프랑스 카페 문화를 재현하고자 신신도를 열었다. 이곳에서 일본 최초로 프랑스 빵을 만들어 팔았다. 처음 문을 연 지 80년이 훌쩍 지났지만 여전히 과거 그대로의 모습을 간직한 신신도. 그 모습 그대로 계속 남아 있어주기를.

전화 075-701-4121
영업 시간 8:00 AM~6:00 PM
주소 교토시 사쿄구 기타시라카와 오이와케초 88
http://www.shinshindo.jp

5. 스마트 커피Smart Coffee

번화한 상점가 데라마치 중심부에 위치, 1932년에 창업한 오랜 전통의 커피점. 예전 그대로의 인테리어에서 노스탤지어를 느낀다. 프렌치 토스트와 팬케이크 그리고 푸딩이 인기가 많다.

전화 075-231-6547
영업 시간 8:00 AM~7:00 PM 연중 무휴
주소 교토시 나카교구 데라마치도리 산조 아가루 텐세이지마에초 537
http://www.smartcoffee.jp

6. 가이카도 카페 Kaikado Café

2016년 가와라마치에 문을 연 모던한 카페. 교토를 대표하는 노포의 젊은 후손들이 함께 창업한 것으로 유명하다.

전화 075-353-5668
영업 시간 10:30 AM~7:00 PM 목요일, 첫째 수요일 휴무
주소 교토시 시모교구 가와라마치도리 나나조 아가루 스미요시초 352
http://www.kaikado-cafe.jp

7. 카페 비블리오틱 헬로 Café Bibliotic Hello

큰 서가가 있는 북카페. 건물 입구에 거대한 바나나 나무가 설치되어 있다.

전화 075-231-8625
영업 시간 11:30 AM~12:00 AM 화요일 비정기 휴무, 카드 사용 불가
주소 교토시 나카교구 니조도오루 야나기바바 히가시하이루 세이메이초 650
http://cafe-hello.jp

1. 긴마타近又 요리 료칸(일식 아침 식사)

1901년에 약재상들을 위한 숙소로 개업한 요리 전문 료칸. 2층짜리 료칸 건물은 현재 유형 문화재로 등록되어 있다. 숙박을 하지 않아도 아침 식사를 할 수 있는 교토의 몇 안 되는 료칸 중 한 곳이다. 지금은 7대째 가업을 잇고 있는 주인장이자 채소 소믈리에인 우카이 하루지 씨가 운영을 맡고 있다. 참고로 발음이 비슷한 '긴타마'는 일본어로 '불알'이라는 뜻이 있으니 아무쪼록 발음에 유의하는 것이 좋겠다.

전화 075-221-1039
영업 시간 8:00 AM~9:00 AM, 12:00~12:30 PM, 5:30 PM~7:30 PM (조식은 수요일과 목요일 한정)
주소 교토시 나카쿄구 고코마치 시조 아가루 407
http://www.kinmata.com

2. 아오 오니기리青おにぎり(삼각김밥 전문점)

다소 험상궂게 생긴 젊은 남자가 혼자서 운영하는 독특한 오니기리 전문점. 호호호좌 서점 근처에 있다.

전화 075-201-3662
영업 시간 11:30 AM~6:30 PM 월요일 휴무, 카드 사용 불가
주소 교토시 사쿄구 조도지 시모미나미다초 39-3
http://www.aoonigiri.com

3. 교토 모던 테라스The Kyoto Modern Terrace

다목적 문화 홀 '롬 시어터 교토' 안에 있는 카페 & 레스토랑. 천장이 높고 공간이 넓은 개방적인 인테리어가 훌륭하다. 서양식 조찬은 빵, 달걀 프라이, 햄, 포타주 수프, 샐러드로 구성되며 800엔이다. 일본식 조찬은 1,000엔.

전화 075-754-0234
영업 시간 8:00 AM~11:00 PM 비정기 휴무
주소 교토시 사쿄구 오카자키 사이쇼우지초 13 롬 시어터 교토 파크 프라자 2층
http://www.kyotomodernterrace.com

4. 모토이MOTOÏ 레스토랑

교토의 전통 마치야 가옥에서 먹는 정통 프랑스 요리. 격식을 따지는 곳이니 사전 예약을 하고 옷차림에 신경을 쓰는 것이 좋겠다.

전화 075-231-0709
영업 시간 점심 12:00 PM~, 저녁 6:00 PM~ . 수, 목요일 휴무
주소 교토시 나카교구 토미노코지 니조 사가루 타와라야초 186
http://kyoto-motoi.com

5. 이마리いまり

일본식 조식을 제공한다. 저녁 이후에는 교토 오반자이 전문점 겸 주점으로 운영하며 카운터석과 테이블석이 있다.

전화 075-231-1354
영업 시간 아침 7:30 AM~10:00 AM, 저녁 5:30 PM~12:00 PM
주소 교토시 나카교구 롯카쿠도리 신마치 니시하이루 니시롯카쿠초 108
http://kyoto-imari.com

상점

1. 이오 플러스io+

일러스트레이터 오하시 아유미 씨가 운영하는 옷과 잡화 가게. 오하시 씨 특유의 디자인 감각이 생생하게 살아 있다.

전화 075-746-5340
영업 시간 금, 토, 일요일 12:00 PM~6:00 PM
주소 교토시 나카교구 고코마치 이세야초 357 2층(가와라마치역에서 도보 7분)
http://www.iog.co.jp

2. 나이토 상점內藤商店

간판 없는 노포. 산조대교 바로 옆에 있으며 솔과 빗자루 등 다양한 청소 용품을 노부부가 함께 팔고 있다. 오래전 모습 그대로 유지하고 있어서 둘러보는 것만으로도 마음이 푸근해진다.

전화 075-221-3018
영업 시간 9:00 AM~7:00 PM 비정기 휴무
주소 교토시 나카교구 산조오하시 니시즈메 기타가와 (산조역에서 도보 3분)
http://www.joho-kyoto.or.jp/~sankoba/omiseyasan/naito/naito.html

3. 데마치 후타바出町ふたば

교토에서 가장 인기가 많은 노포 화과자집. 대표적인 상품은 '마메모찌'(콩떡)로, 부드러운 찹쌀떡 속에 알알이 콩과 적색 팥을 넣은 떡이다. 주말에 마메모찌를 사려면 30분 정도는 줄을

서야 한다고.

전화 075-231-1658

영업 시간 8:30 AM~5:30 PM 매주 화요일, 넷째 수요일 휴무

주소 교토시 가미쿄구 데마치도리 이마데가와 아가루 세이류초 236(가와라마치 이마데가와 버스 정류장에서 도보 3분)

4. 브라운BROWN

지은 지 100년 이상 된 마치야에 차려진 빈티지 숍. 미국이나 유럽의 오래된 천으로 옷, 소품, 패브릭, 에코백과 쿠션 커버 등을 만들어 판다. 색감은 내가 사랑해 마지않는 자연스러운 인디고 블루와 베이지, 그리고 아이보리. 주인 스기모토 야스코 씨가 직접 유럽과 미국에 나가 재료를 구해 와서 제품을 만든다. 이곳의 모든 상품이 완벽하게 내 취향이다.

전화 075-211-3638

영업 시간 12:00 PM~7:00 PM 수요일, 넷째 목요일 휴무

주소 교토시 추쿄구 니조도오리 신마치 니시하이루 마사유키데라초 679

http://brownkyoto.jp

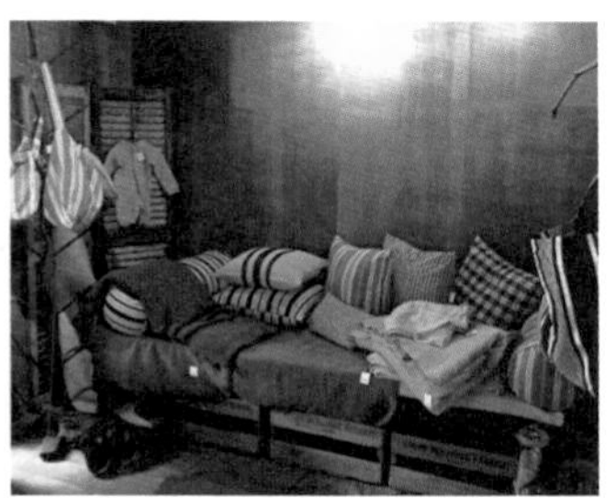

5. 디앤디파트먼트 교토 D&Department Kyoto

'롱 라이프 디자인'을 모토로 한 생활 용품과 가구를 제안하는 라이프 스타일 스토어. 교토점은 사찰 건물 옆이라 더욱 운치가 있다.

전화 075-343-3217
영업 시간 10:00 AM~6:00 PM 수요일 휴무
주소 교토시 시모교구 다카쿠라도리 붓코시 사가루 신카이초 397 (지하철 시조역에서 도보 6분)
http://www.d-department.com/jp/shop/kyoto

6. 아리쓰구 有次

니시키 시장 안에 있는 칼과 요리 도구 전문 노포. 아리쓰구의 물건이라면 어떤 것도 수리가 가능하다.

전화 075-541-0436
영업 시간 9:00 AM~6:00 PM 화요일 휴무
주소 교토시 히가시야마구 토다이이로 쓰코몬마에 기타

7. 규쿄도 鳩居堂 교토 본점

1663년 교토 데라마치에 창업한 일본 전통 문구 전문점. 서도 용품, 엽서, 편지, 금일봉 봉투, 일본 화지 제품, 향 등을 취급한다. 도쿄 긴자에 분점을 두고 있다.

전화 075-231-0510
영업 시간 10:00 AM~6:00 PM 일요일 휴무
주소 교토시 나카교구 데라마치 아네코지 아가루 시모혼노지마에초 520

http://www.kyukyodo.co.jp

8. 이치자와 신자부로 한푸 一澤信三郎帆布

1905년 교토에서 탄생한 가방 전문점이자 지금은 교토를 대표하는 가방 브랜드. 원래는 텐트 가게였는데 두터운 텐트 천을 사용해 캔버스 백을 만들기 시작, 현재 200여 종류의 가방을 만들고 있다. 현재는 창업자의 삼남 히토자와 신자부로 씨가 가업을 이어가고 있으며 부모 대부터 가게를 지탱해온 장인 60여 명이 가게 길 맞은편에 있는 공방에 나와 아침 8시부터 직접 손으로 가방을 만든다. 열렬한 인기에도 흔들림 없이, 점포를 늘리지 않고 교토 한 곳에서만 가게를 지켜나가는 결기를 보여준다. 이곳의 흰색 캔버스 백을 다음에 가면 꼭 사리라.

전화 075-541-0436
영업 시간 9:00 AM~6:00 PM 매달 휴무일은 홈페이지에 공지
주소 교토시 히가시야마구 타카바타케초 602 (야사카 신사 인근)
http: //www.ichizawa.co.jp

기타

1. 사우나노 우메유サウナの梅湯

역사가 80년이 넘은 공중 목욕탕을, 목욕탕 덕후 청년이 인수해서 이어온 교토의 명물 목욕탕.

전화 080-2523-0626
영업 시간 2:00 PM~2:00 AM 목요일 휴무
주소 교토시 시모교구 기야마치도오리 가미노구치 아가루 이와타키초 175
(기요미즈고조역에서 도보 5분)

2. 교토철도박물관京都鉄道博物館

2016년 4월 29일 오픈. 일본 각지의 53개 기차와 철도 마니아들을 위한 정보 총망라. 견학과 시뮬레이션 체험 가능. 오리지널 기차 도시락 등도 판매한다. 교토역에서 도보로 갈 수 있는 거리이므로 아이 동반 여행 코스로 좋을 것 같다.

전화 075-323-7334
관람 시간 10:00 AM~5:30 PM 수요일 휴관
주소 교토시 시모교구 간키치초 (교토역에서 도보 20분)
http://www.kyotorailwaymuseum.jp

3. 교토대학京都大学

일본에서 가장 유명한 대학 두 곳을 꼽는다면 도쿄대학과 교토대학을 들 수 있을 것이다. 도쿄대학은 규모가 크고 미래의 엘

리트를 배출하는 관료주의의 느낌이 강한 반면, 교토대학은 작지만 순수 아카데미즘에 몰두하는 자유로움이 있다. 참고로 교토의 인구당 대학 숫자는 전국 1위다. 나는 여행을 가면 현지 대학 캠퍼스에 놀러 가 대학생들의 모습을 구경하거나 구내 식당에서 밥 먹는 것을 무척 즐긴다.

전화 075-753-7531
주소 교토시 사쿄구 요시다혼마치
http://www.kyoto-u.ac.jp

4. 오코치산소 大河內山莊

아라시야마에 위치한 국가 지정 문화재 정원. 유명 배우였던 오코치 덴지로(1898~1962)가 30여 년에 걸쳐 가꾼 곳으로, 600평 규모의 산책로에 꽃과 나무가 어우러져 있다. 아라시야마 대나무 숲을 걷다 보면 가장 마지막에 오코치산소 입구가 보인다. 정원 산책을 마치면 창문 너머로 대나무 숲이 펼쳐진 다실 '데키스이안'에서 녹차와 모나카를 대접받는다. 유료 관람(1,000

엔)이라 단체 관광객들로 붐비지 않아서 좋다. 물론 관람료 값은 충분히 한다.

전화 075-872-2233
관람 시간 9:00 AM~5:00 PM 연중 무휴
주소 교토시 우쿄구 사가 오구라야마 타부시야마초 8

5. 야스이 신사安井神社(야스이 콘피라구安井金比羅宮)

절연, 즉 악연을 끊어내기 위해 찾는 곳으로는 유일한 신사다. 절연 기원 부적이 덕지덕지 붙어 있는 구멍 바위가 명물이다. 기온 거리 인근에 있다.

전화 075-561-5127
관람 시간 9:00 AM~5:30 PM
주소 교토시 히가시야마구 마츠바라 아가루 히가시오지 벤텐초 70
(하나미코지 끝에서 왼쪽으로 가다가 첫 번째로 보이는 오른쪽 골목으로 꺾은 후 다시 왼쪽, 오른쪽으로 한 번씩 꺾으면 나온다)
http://www.yasui-konpiragu.or.jp

6. 철학의 길(데쓰가쿠노미치哲学の道)

교토에서 가장 산책다운 산책을 하고 싶다면 이곳을 찾을 것. 교토대학 교수이자 일본 최고의 철학자 중 한 사람인 니시다 기타로 씨가 여기서 산책을 즐겨 '철학의 길'이란 이름이 붙었다. 봄에는 벚꽃 핀 풍경이 장관을 이루고 가을에는 붉은 단풍에 시선을 빼앗긴다. 절반쯤 걷다 보면 이곳에 사는 명물 길고양이들, 일명 '철학의 고양이'를 만날 수 있다. 이런 산책로가 우리 집 옆에 있으면 바랄 것이 없겠다.

위치 긴카쿠지(은각사) 입구에서 남쪽 방향으로 난 길로 들어서면 된다. 교토역에서 시버스 100번을 타고 긴카쿠지마에 정류장에서 하차.

참고 문헌

단행본

入江敦彦,『京都人だけが知っている』, 洋泉社, 2006

入江敦彦,『やっぱり京都人だけが知っている』, 洋泉社, 2006

鷲田清一,『京都の平熱』, 講談社, 2007

『京都旅の値段』, 株式会社 桜風舎, 淡交社, 2010

井上章一,『京都ぎらい』, 朝日新書, 2015

酒井順子,『都と京』, 新潮文庫, 2006

岩崎峰子,『祇園の教訓』, だいわ文庫, 2007

柏井壽,『京都のツボ』, 集英社, 2016

堀部篤史,『街を変える小さな店』, 京阪神エルマガジン社, 2013

柏井壽,『極みの京都』, 光文社, 2012

森見登美彦,『森見登美彦の京都ぐるぐる案内』, 新潮文庫, 2011

小林由枝,『京都をてくてく』, 祥伝社黄金文庫, 2010

川口葉子,『京都カフェ散歩』, 祥伝社黄金文庫, 2009

入江敦彦,『イケズの構造』, 新潮文庫, 2005

早川茉莉,『京都好き』, PHP研究所, 2016

麻生圭子,『京都早起き案内』, PHP研究所, 2013

八幡和郎,『誤解だらけの京都の真実』, イースト プレス, 2016

中京コマチ,『京都あるある』, TOブックス, 2014

鈴木雅知,『京都の小商い』, 三栄書房, 2016

羽田美智子,『私のみつけた京都あるき』, 集英社, 2009

みうらじゅん,『マイ京都慕情』, 新潮社, 2013

都会生活研究プロジェクト,『京都ルール』, 中経出版, 2011

たいらさとこ,『京都女ひちり旅』, KADOKAWA, 2013

相原恭子,『京都花街 舞妓と芸妓のうらあけ話』, 淡交社, 2012

木村衣有子,『京都のこころA to Z』, ポプラ社, 2004

てらいまき,『きょうも京都で京づくし』, ダイアモンド社, 2016

堤信子,『旅鞄いっぱいの京都ふたたび』, 実業之日本社, 2015

堤信子,『旅鞄いっぱいの京都・奈良』, 木世出版社, 2012

恵文社一乗寺店,『本屋の窓からのぞいた京都』, マイナビ, 2014

川口葉子,『京都カフェと洋館アパートメントの銀色物語』, 東京書籍, 2013

『京都本屋さん紀行』玄光社MOOK, 玄光社, 2013

Judith Clancy,『The Alluring World of Maiko and Geiko』, Tankosha, 2016

잡지

〈Premium〉 京都, 街步きガイド, マガジンハウス, 2015. 9月

〈d〉 design travel 京都, D&Department Project, 2015. 7月

〈別冊太陽〉 京都を知る100章, 太陽, 2016. 12月

〈この店, あの場所〉, マガジンハウス, 2015. 10月

〈ku:nel〉, マガジンハウス, 2014. 1月

〈ひとりで步く京都本〉, 京阪神エルマガジン社, 2016. 3月

〈ツウ好みの京都本〉, 京阪神エルマガジン社, 2015. 3月

〈Casa BRUTUS〉 京都, マガジンハウス, 2016. 10月

〈pen〉 ひとり, 京都。, CCCメディアハウス, 2016. 1月

〈Leaf〉 おもてなし京都新案内, Leaf Publications, 2016. 10月

〈Hanako〉 京都遊び, マガジンハウス, 2015. 5月

〈EYESCREAM〉 KYOTO DESTINATION STORES, SPACE SHOWER NETWORK, 2016. 1月

〈Hanako〉 KYOTO NEW STANDARD, マガジンハウス, 2016. 9月

교토에 다녀왔습니다。

초판 1쇄 발행 2017년 9월 5일
초판 10쇄 발행 2024년 7월 1일

지은이 임경선
펴낸이 최순영

출판1 본부장 한수미
라이프 팀
디자인 송윤형

펴낸곳 ㈜위즈덤하우스 **출판등록** 2000년 5월 23일 제13-1071호
주소 서울특별시 마포구 양화로 19 합정오피스빌딩 17층
전화 02) 2179-5600 **홈페이지** www.wisdomhouse.co.kr

ISBN 978-89-5913-541-7 03810